{ 爱上阅读·中小学生晨读精品选 }

高长梅　许高英　主编

Ji yi li

记忆里

de yi Ke shu

刘立勤 著 的一棵树

九 州 出 版 社
JIUZHOUPRESS ｜全国百佳图书出版单位

图书在版编目（CIP）数据

记忆里的一棵树 / 刘立勤著. -- 北京：九州出版社，2014.10
（2021.7 重印）

（爱上阅读：中小学生晨读精品选 / 高长梅，许高英主编）

ISBN 978-7-5108-2849-2

Ⅰ.①记… Ⅱ.①刘… Ⅲ.①散文集 – 中国 – 当代

Ⅳ.①I267

中国版本图书馆CIP数据核字（2014）第253774号

记忆里的一棵树

作　　者	刘立勤　著
出版发行	九州出版社
地　　址	北京市西城区阜外大街甲35号（100037）
发行电话	（010）68992190/3/5/6
网　　址	www.jiuzhoupress.com
电子信箱	jiuzhou@jiuzhoupress.com
印　　刷	北京一鑫印务有限责任公司
开　　本	720 毫米×1000 毫米　16 升
印　　张	9.5
字　　数	155 千字
版　　次	2015 年 5 月第 1 版
印　　次	2021 年 7 月第 4 次印刷
书　　号	ISBN 978-7-5108-2849-2
定　　价	36.00 元

阅读随想（代序）

爱上阅读。阅读能使我们进一步获取智慧，获取解决问题的方法与能力。

微信中，有一篇叫《读书的十大好处》的文章流传颇广。它概括的所谓十大好处独树一帜：1. 养静气，去躁气；2. 养雅气，去俗气；3. 养才气，去迂气；4. 养朝气，去暮气；5. 养锐气，去惰气；6. 养大气，去小气；7. 养正气，去邪气；8. 养胆气，去怯气；9. 养和气，去霸气；10. 养运气，去晦气。

微信中，还有一篇文章也被大量转发，叫《读书是最好的美容》。文章认为，"人通过读书，在幽幽书香潜移默化的熏陶下，浊俗可以变为清雅，奢华可以变为淡泊，促狭可以变为开阔，偏激可以变为平和"。的确，打开书，便打开了一扇面对世界的窗口，你读天，无际的长天予你灵性；你读地，宽厚的大地赠你理性。打开书，便打开了一面审视生命的镜子，那扑面而来的真善美令人陶醉。

还是微信中的一篇文章，叫《通过阅读解决自己的困惑》。文章认为，阅读不能仅仅是小清新、轻口味、品时尚的浅阅读，有时还得"重口味"。阅读即要脚踏实地，要观看现实，了解人类文化的百态，知识的种种。但是只看"大地"那是不够的，还需要仰望星空，还要读读诸如《论语》、

《庄子》之类的书,以加深我们对人性的理解且不丧失对智慧的信心。

再引用著名作家王蒙先生2013年9月发表在《人民日报》上的《"攻读"的日子哪里去了》中的一段话:离开了阅读,只有浏览与便捷舒适的扫描,以微博代替书籍,以段子代替文章,以传播代替学识,以表演代替讲解,将会逐渐使人们精神懒惰,习惯于平面地、肤浅地接受数量巨大、获得廉价、包含着大量垃圾赝品毒素的所谓信息,丧失研读能力、切磋能力、求真求深的使命与勇气,以至连讨论追究的习惯也不见了,苦思冥想的能力与乐趣也没有了,连智力游戏的水准也降到幼儿级别以下了。这样下去,我们会空心化、浅薄化与白痴化,我们的宝贵的头脑的皱褶将渐渐平滑,我们的"灵"的思辨思维功能将渐渐萎缩,而我们的大脑将只剩下海量获得八卦式的信息然后平面地记忆下来、转销出去的"肉"的能力。

杨绛说得更好:读书正是为了遇见更好的自己。读书到了最后,是为了让我们更宽容地去理解这个世界有多复杂。

爱上阅读。阅读提升我们的素养,阅读最终将改变我们的人生。

没有篱笆的菜园

第二辑 脚底的温暖

第三辑 自信的生活

第四辑 **火红的跑车**

第五辑 **乡韵乡情**

第六辑 **镇安奇人**

第一辑

没有篱笆的菜园

　　在外漂泊了多年,故乡印象最深的仍然是三伯那诱人的果园。高高的刺篱笆,还有围着篱笆转悠着的一身乌黑而且没有一根杂毛的狗。我想象不出果实是怎样的繁茂,果子是怎样的香甜,但我真的很喜欢没有篱笆、没有黑狗的果园。

夏天的夜晚

　　酷热的夏夜,朋友来电话说,陪我上山去看星星吧。我知道,朋友最喜欢在夏天的夜晚,躺在平坦的地上,沐浴着清凉的夜风,仰望深蓝的天空,一颗一颗,数那怎么也数不清的星星。可惜,等待了多年,一直也没有实现自己这个小小的心愿。有心境时,没有时间;有时间了,没有环境。县城的夜晚虽然没有大都市那样辉煌那么奢华,也依然是灯光璀璨而浮华一方,哪里有童年的夏夜那份明净与静谧呢。

　　童年的夏夜好像不怎么热,没有电扇,没有空调,破烂的教室虽然能遮挡阳光,而我们喜欢逃离教室追随着太阳而奔走。喜欢在麦田里拾麦穗,喜欢在树上捉知了,喜欢在林子里寻找成熟的野果子。累了,热了,我们会毫不犹豫地跳进门前的小河。

　　小河很小,最深的水也只没及我们的大腿,想游泳是很艰难的。我们会选择一个河面宽阔又容易聚水的地方,在河边折下一些树枝树叶,再在河道里捞出石头和沙子,片刻的工夫,就可垒砌一道拦河坝,修建一个很大很深的游泳池。然后,我们脱得精光,在水里恣意的嬉戏。冷了,会找一块石头,把冰凉的肚皮贴上去,石头积聚的太阳热量和后背上火热的太阳,就会一寸一寸温暖我们的肺腑;烦了,就盯着远处的路边,如若看见那家的新媳妇路过,童年的我们也会发出一些坏坏的吼叫;倦了,我们会找那和我们一起游泳的鱼儿,无论是好看的桃花斑,还是优雅的白鱼片,还是那难得一见的潜鱼,都难逃常常被老师抽打的小手。太阳落山的时候,那些鱼就会变成一道美味的菜肴,丰富了餐桌上艰辛的生活。

　　吃了饭,夏天的夜晚就来了。夏天的夜晚是有香味的,浓郁的麦香,麦茬地清新的土香,苹果园里的果香。最勾引人的,应该是二爷的烟香。二爷的旱烟是自己种的,叶子青翠而肥硕,闻起来香味悠远而绵长。伴着那绵长的香味,是久远又稀奇的故事。夏夜的狐狸是很讨厌的,二爷故事里的狐狸精却是那么的可爱;二爷讲的人是那么可恨,二爷故事里的鬼却那么的善良。二爷讲月宫嫦娥时,一脸的落寞;二爷讲牛郎织女时,声音又情意绵绵。二爷还说,看见蛇的时候,不能用指头指蛇,否则,指头上会长蛇头;二爷又说,见了月亮不能说谎话,不然,月亮晚上会在你睡着时割了你的耳朵。

　　听了二爷的故事,夏天的夜晚又充满了恐惧,觉是不敢睡了。记得三狗子家的桃子熟了,几块石头飞过去,桃子落了一地,却引来了凶恶的狗。大旺家的麦李子快红了,来到树下,一片荆棘又不能近身。老五家的花生花开得好看,扯出来的花生却没有米。实在是没有什么可干的了,那又到河里洗澡吧,发现二喜哥和三丫在河里。男人怎么能和女人一起洗澡? 童年的脸是一阵燥热,就羞愧地溜回了家。

　　躺在院子里的竹床上,想起白天的谎话,担心月亮割了自己的耳朵,努力不让自己睡去。村子是一片寂静,不见灯光,没有烟火,狗也懒得叫唤,冰凉的空气凝结了一切。眼前是深邃的夜空,如同镰刀一样的月亮,还有满天不停眨巴着眼睛的星星。不敢看月亮,捂着耳朵去寻找天河,找寻牛郎和织女。那么多的星星,却怎么也分不清楚。二爷还说,每一个星星都是一个人,哪一颗是自己呢,找了半天也不知道。突然想起老师让数一百个数的事情,那就数星星吧,数着数着,就睡着了。童年的梦里也有狐狸精来造访,醒来竟然是一脸甜蜜。

　　后来,就慢慢地长大成人,而后那无数的夏夜也有无数的故事,也有许多的故事在心里留下了深深的印记,可是每个夏夜都没有童年的夏夜纯净

静谧。也曾想在夏天的夜晚像童年那样观望星空,末了都是一笑了之。难得朋友有那样的心境,满怀喜悦来到夏夜的山上。

这是夏天的夜晚吗,风是热的,空气是风尘的气息,山下的灯光与月亮争辉,天空是一片迷蒙,星光是一片暗淡。只好驱车到一个遥远的乡村,躺在地上仰望星空。看见月亮慢慢地坠落,看见星星渐渐璀璨明亮,伴着溪涧清流跳跃,夏夜的清凉一点一滴溶入心底。不担心月亮会在我睡着的时候割了我的耳朵,早认识了牛郎和织女,也知道星星不会代表我们任何一个凡人。闭上眼睛,真想在这个美丽的夏夜沉沉地睡去。

然而,闭上眼睛,这个美丽的夏夜就远远地离去了,红尘之中的烦恼扑面而来。多如星星一般的欲望,多如星星一样的无奈,又一点一滴吞噬我们的灵魂,使我们永远也回不到童年了。童年的夏夜多么纯净呀,恐惧中也能坦然入睡,干坏事也可以不遮不掩。在这美丽的夏夜,走不回我的童年,却不知道到老时是否能找到我童年的夏夜。

冬天的温暖

我一直不喜欢夏天,我喜欢冬天。夏天的炎热让我们无处躲藏,而在冰天雪地的冬天,处处都可以得到温暖。

小时候,小孩子似乎是不怕冷的,可是我们依然迷恋温暖的被窝,任凭母亲一遍遍地喊叫,听任父亲刻意的威吓,必须等到母亲把冰凉衣裤放在火上烘烤得热噜噜的,或者让父亲掀开热噜噜被子,我们才滚身下床。而这时的床边呢,早已经有了一盆旺旺火,一碗热乎乎的饭。

吃完了饭,父母去了工地,我们就拿起床边的火盆去上学了。冬天的风是那么的寒冷,火呢,却越来越旺越来越红火。用力抡起火盆,身体的四周就有火红的飞轮弧线。片刻的工夫,小小的鼻梁上就生出细密的汗珠,身体的四周更是暖流阵阵。

教室里面应该是很冷的,四处通风的破庙,白墙刷锅烟灰做成的黑板,青石上架根棍子做的凳子,哪一处都写着寒冷。可是,哪一处也都拥有温暖,我们大声喊"毛主席万岁",齐声念《白求恩》,用尽力气唱《大海航行靠舵手》,喊着唱着,心里就有了一片温暖。如果实在是冷了,老师就让我们靠在墙上挤暖暖,挤着挤着,就挤出了一片笑声一片温暖。

放学了,我们也感受不到寒冷,我们有许多的事情要做。那时的雪也多,十天半月就有一场大雪。大人们忙着扫雪,我们就忙着堆雪人,打雪仗,要么就到野地里去。野地里到处是柿子树,柿子树上还有大人们留给喜鹊的柿子。红红的柿子挂在玉雕一样的枝头上是那么的晶莹剔透。我们就用弹弓打下来,就着冰雪"咔嚓咔嚓"地吃了,心里嘴里都是甜的。要么,我们就是下河了。河里结了冰,我们破冰钓鱼。看见鱼儿欢快的神情,想,水里不冷吗?这么想着,不小心弄一身水,水好冷呀!不过也没有关系,家里有一冬不灭的火塘,一边烘烤湿漉漉的棉衣,一边倾听爷爷讲岳飞、讲杨家将,不一会儿,身上又是汗涔涔的了。

那时的天气似乎比现在冷多了,一场大雪下来,阴坡的山上就有了一冬的积雪。节假日了,我们男孩子急忙拿了菜刀去阴坡砍柴。阴坡的山上虽然没有狐狸精,却有两里多长的冰雪溜槽。我们把柴捆子一个一个穿接起来,然后坐在最后一捆柴的树梢上,用力一摇晃,柴捆子顺着冰雪溜槽飞奔而下,我们不仅节省了气力,还体味了现在的城里孩子坐过山车那样的惊险和刺激,满坡是欢声和笑语,满心也都是温暖和喜悦。

童年的那些快乐和温暖好像还在昨天,我和童年的伙伴已逾不惑了,可

我依然不舍习惯,依然喜欢着冬天,喜欢冬天的那些温暖。我不喜空调,家里也没有暖气。我喜欢晒太阳,喜欢拿着一册书,在阳光下静静地品读;喜欢在山上寻找一个草窝,躺在那里看云卷云舒,任思绪散漫飞扬;喜欢和朋友坐在太阳地里打着小牌,说一些有盐没油的闲话。喜欢阳光把身体晒暖的感觉,喜欢阳光把脸晒出来那样疑是羞涩和惭愧的色彩。

没有阳光的日子,我喜欢生一盆火,坐在狭小而温暖的房子里,和自己喜欢的女子,有一句没一句地说着一些家长里短的话语,真的是美得没的说。或者,拿一把苞谷粒,放在火灰里翻滚,"嘣"的一声,出来的不仅仅是快乐。有的时候,我什么也不做,就那么静静地坐着,什么也不想,什么也不做,看黑黑的木炭燃烧,起焰,变红,然后又成为白白的灰。任时间就那么慢慢地溜走,单纯地品味那份孤独,默默品味那份纯粹的温暖。

天气更冷了,阴沉沉要下雪了。家里四处都是暖流,书桌上的文竹竟然还能生出一片新绿。这时,就有一点忙了,要么就拿出老家带来的板栗,把它放在炉子上;要么,就去买几斤红薯放在炉子上烤。红薯和板栗不仅满足了自己的口腹,而且还能勾引别人的味蕾。最好的当然加上砂锅,做一锅滚烫的羹汤,刚倒出新酿的甘蔗酒,朋友闻香而进,耳边竟是白居易的诗:"绿蚁新醅酒,红泥小火炉。晚来天欲雪,能饮一杯无?"

放下酒杯,大雪就来了,在雪地里疾步行走,朋友的呵护如影随形,心中暖流滚滚,四处依然是一片温暖。

春天的记忆 🍃

　　小时候是不喜欢春天的，最不喜欢早春。一会儿冷，一会儿热，最难将息。还有那讨厌的黄沙，迷迷蒙蒙，让人没了脾气。最讨厌的还是麦田里面的草，不要命地往外跑，母亲见了，就会撂过一把小锄头，把我们赶进麦田锄麦草。麦田的草真多呀，密密麻麻的，有荠菜，有麦条，还有鹅肠，有蒿子，他们长得比麦子还要旺盛。要除掉这些野草已经非常困难了，母亲还要我们把这些野菜挖出来带回家，填补饭桌上空荡荡的盘子。想象着晚上盘子里那些苦涩的东西，远不如山上山桃和野杏子的美好。急切地去寻找绿的杏、红的桃，可枝头依然的一片艳红和粉白，少年的春天就变得漫长且寂寥。

　　喜欢春天应该已经到了青年的时候，因为喜欢文学而背诵了许多描写春天的诗词歌赋，也就忘记了少年时春天的漫长和寂寥。那时候是乡村教师，喜欢"紫陌无边杨柳，彩蝶穿花时候。影入参差水，偕鱼游、共云走。燕归人已瘦"这样的句子，喜欢满怀激情地给学生讲解贺知章的《咏柳》，向往韩愈《早春呈水部张十八员外郎》勾画出来的那"烟柳满皇都"的美妙意境。有时，也会躲在房子里，构想一点酸涩的诗句，愉悦自己的心情。最喜欢的，当然是那些花了。粉的山桃花，红的野杏花，白的梨花，淡雅清香的兰花，一茬接着一茬的开放。放学，或者课间，爬上山坡采择一把，献给心里喜欢的女子，心里也有了如花的灿烂。

没有篱笆的菜园

第一辑

后来,我离开了学校,成为一个乡镇干部,整天奔走于田间地头,对春天更多了一份喜欢。春天不仅有山之黛,有花之妖,有漫天飞舞的柳絮杨花,有黄牛拽着犁铧的艰辛,有小女子妖着腰在田间奔袭的剪影,也有"儿童急走追黄蝶"的笑声。真想走进田里和扶犁的老农说几句家长里短的闲话,也想给那妖着腰的女子折一枝桃花杏花,亦想帮那调皮的孩子寻找飞入菜花中的黄蝶,想在春天的田野寻找属于春天的快乐。可是,一想到肩上的责任,脸上的笑倏地就没了。板着脸喊回地里忙碌的老农和满脸欢笑的女子、孩子。喝罢了他们自酿的美酒,吃完了他们舍不得吃的腊肉,讲一番不能自圆其说的道理,然后教远近闻名的种田高手怎么种地,强迫致富能手砍伐了房前屋后的果树栽那不知能不能活的经济作物,要求天真的孩子协助落实所谓的良种。原本充满快乐和希望的乡村,到处的一片怨声。心里对春天的喜爱和希望,便化作自责和愧疚。不顾朋友的劝告,离开了那个充满希望、充满生机的乡村。以至于以后的好多年,不敢步入田间去欣赏春天的美景,不愿意在春天回我那乡村的老家,总是在窗口,感受春天的美好与希望。

窗外又是"满庭田地湿,荠叶生墙根"景象了,知道春天又来了。犹豫着是否走出庭院,看看春天的乡村时,朋友相约去郊外的农家。步出门外,微风习习,真的是春天了。丝绦飘逸的柳枝,葳蕤葱茂的麦子,蜜蜂飞舞的枝头,小鱼游戏的细流,到处是一片盎然春意。更为难得的是,老农悠然地耕地,女人忙着施肥播种,校园里是琅琅书声,墙外是欢快的鸟鸣,不见了那些苦着脸的公人,也没有了农民的怨声,早春的田野是飞扬着温暖和希望。涉足田间为扶犁的老人点燃了一支烟,很想和他攀谈一番,身后女人播种的脚步就撵了过来。春光苦短,该忙的就去忙吧,该闲着的也就闲着。站在田埂之上,吮吸着泥土的芳香,沐浴着初春的阳光,春风拂面,恍恍惚惚,竟有了醉酒的感觉。

天池

　　每当夜幕降临，看见窗外初放的华灯静静"流淌"，我就会想起家乡的那条河。那条河虽然没有华灯的璀璨，却比华灯亮丽，比华灯温暖。

　　河叫镇安河。河边是丝丝垂柳，是密密的竹林，是怪怪的芦苇。河里呢？河里是清澈的河水，水里有跳着走路的青蛙，有横着走路的螃蟹，有红尾巴的泥鳅，有黑色的潜鱼，有花色艳丽的桃花鱼。河里还流淌着我们儿时的游戏和我们童年的欢笑。

　　一天中午，我们偷偷离开教室来到河里寻找快乐，才发现河里的水细了，鱼儿、螃蟹都不见了，精心围堵的深潭只剩下一个浅浅的水洼。我们顺着小河向上游追溯，才发现上游的河湾里修了一道河坝，河坝的尽头是一道深深的地沟，水沿着地沟走了，鱼儿、蟹儿也随着水走进了那深深的沟。

　　后来，我们听大人们说，那条地沟叫堰渠。河里的水流进堰渠里，堰渠里的水流进天池里，天池的水流进水泥管子里，水带动了电站里的水轮泵，就可以泵出电来了。电是什么呢？无论大人们怎么解释，我们都不明白。直到有一天，昏暗的房子里有了一盏明亮的灯泡，我们才知道电就是灯泡，才知道电可以照明。也在那一天，电把我们大队不可一世的民兵连长打翻在地，电还点燃了村东老黑家的茅草房，我们也知道了电是一个很厉害的东西。电既然是很厉害的东西，我们就离电远远的吧，我们依然到河里去寻找

我们的快乐。

河里没有水了,我们就找到了堰渠,我们发现堰渠也是非常好玩的。堰渠里没有石头,行走在那里不担心石头硌了脚;堰渠里也没有苔藓,不怕鱼儿躲进苔藓而担心摸鱼让水蛇咬了手。堰渠里的鱼儿是一群一群的,来往穿梭,我们只需要两个人站在水里,就可以围住鱼儿。这时,再给取土的筬箕里放上一把麦草,仓皇的鱼儿不请自到钻进了我们的筬箕,片刻的工夫,就有了不小的收获,而且不用去偷母亲纳鞋底的针,也不用去挖难看的蚯蚓。

堰渠里虽然有意想不到的收获,可天池却有不尽的欢乐。天池就是电站的蓄水池,池深十米有余,位于一个小山梁上,白天是一池阳光,晚上是一池星月,我们都喜欢在天池里游泳。在天池里游泳是很危险的,记得自己第一次试水就灌了一肚子的水,也得益天池的危险,才练就了我一身游泳的绝技,也敢于击水江河湖海。

天池不仅可以游泳,也可以钓鱼。在天池里钓鱼可以不用鱼钩,可以不用鱼饵,天黑以后,只需要把柳枝探进水里,然后轻轻移动,鱼儿就会乖乖地钻进你的鱼篓。你还可以在筛子里放一疙瘩剩饭,用包豆腐的包袱蒙上筛子,再留一道缝隙,片刻的工夫,贪吃的鱼儿就会从缝隙争先恐后钻进筛子。如果你不喜欢吃鱼,你也可以把脚放进水里,鱼儿会围着你的脚游来游去按摩,十分温暖而又惬意。

遗憾的是,一场暴雨造成的山体滑坡,修在半坡上的堰渠三分之一坍塌了,天池里的水干了,电站也没有了电,明亮的屋子再次黑暗,我们的心里也充满了失望。

白驹过隙,弹指一挥三十年过去,到了没有电就无法生活的今天了,没有了天池的家乡如今早已是一片光明一片温暖,年逾不惑的我也见过长白山的天池,也见过九寨沟的海子,可我依然忘记不了家乡那个小小的电站,忘不了那个小小的天池,忘记不了苦涩童年里那份快乐和温暖。

下雪的时候

下雪的时候，我喜欢在村外的小径上行走，看雪潇潇洒洒地下着。雪落在山上，山就白了；落在树枝上，树枝就胖了；落在我的头上又滑进我的颈窝，立马就有了一种惊喜又惊心的感觉。待心静下，我就想起村舍人家里那一盆温暖的炉火，想起炉火旁飘着香气的吊罐和流着醉意的酒壶，很想不请自到地与主人小酌一杯。看看四周片片飞雪，我还是留下了，继续在村外的小径上漫步。

小径上的雪越聚越厚，踏上去软绵绵的。小径旁的小草也胖了，胖得像是小孩嘟嘟的手指；树枝早就胖了，胖得像是小狗长长的尾巴；而树顶呢，则像爷爷头顶的白发纯洁又慈祥。伸手摸摸自己的头顶，竟也堆积了厚厚的一层雪，轻轻一抖，雪落在了地上，头顶依然是一片干爽。这就是雪的温情之处了，不像雨，在雨地漫步雨必定淋湿你的头发；也不像阳光，在阳光里行走阳光必定染湿你的头皮。

雪不仅充满温情和关爱，雪也会给我们带来很多的快乐，而且雪带给我们的快乐也是最简洁最单纯的。回想童年下雪的时候，我们可以不打伞、不戴草帽，甚至连鞋子也不用换，自由自在地在雪地里打雪仗，堆雪人，也可以找一块木板或者把家里的板凳拿出来在雪地上溜雪。我们不用担心雪会打湿我们的衣服，不用担心石头磕破我们的头皮，不用担心河里涨水会危及我

没有篱笆的菜园
第一辑

们的安全,也不担心会遇热中暑或者遇冷感冒。我们只需把我们的笑声肆意泼洒,让快乐在雪地上飘荡。

如果疯狂得累了倦了,我们可以扑画眉、捉麻雀。画眉和麻雀是不喜欢大雪的,大雪覆盖了地里的一切也覆盖了它们的食物,它就不得不飞到人家的场院伺机得到一点儿食物。这时,我们只要在雪地上撒一点儿金黄的麦子,用拴着细绳子的小木棍支起一把留着一道缝隙的筛子,待到饥饿的鸟儿钻进去,用力拉一下,筛子就会罩住了它们。是麻雀了,我们玩一玩就放掉了;是画眉了,我们就做一个鸟笼子,欣赏它美妙的笑声。

下雪的时候,也是打猎的最好时机。雁过留声,到处是一片皑皑白雪,再狡猾的动物走过必定留下它们踪迹。我们只要循着它们的脚印,就会找到我们需要的猎物。漂亮的野鸡、红腹雉鸡一定在麦地边刨雪寻找麦苗,麀鹿必定在灌木丛里的空地上晒太阳,野兔保证坐在树下舔着脚掌疗治伤痕,狐狸肯定是在山梁之上奔走,深居简出的狗熊和獾猪肯定在哪个山洞或者树洞里睡大觉。只要你的枪法好,就一定会带回满桌的佳肴和满屋子的欢笑。

下雪的时候,也是爱情最易生长的季节。下雪的日子,可以和喜欢的女子围炉而坐,煮一杯清香袅袅的香茗,述说着家长里短;或者相依站在窗口,看窗外雪花飞舞,吟哦一曲宋词唐诗,意也有了,情也有了。最为浪漫的就是和她一起在雪地里飞奔,或打雪仗,或作雪人。要么把她引诱到竹林里摇她一头和一身的雪,要么趁她不注意的时候抓一撮雪塞进她的脖项,那种感觉保证她永远都忘不了你。

我的初恋就发生在雪地里。那一场雪真大呀,山是白的,地是白的,就连奔流不息的河也是白的了。平日矜持的我们在雪地里飞舞,在雪地里欢笑,情意就伴着这舞步和欢笑钻进了我们心里,我们就收获了爱情。虽然雪后天晴,我的初恋随雪而逝,可我还是忘不了那场大雪,忘不了那伴雪而来又随雪而去的情。

多少年过去,我依然喜欢下雪的时候。尽管我已经走过了在雪地里疯狂的年龄,我却喜欢在雪地里漫步的心境,喜欢那份闲适,喜欢那份安宁,喜欢雪花落在脸上时那份凉凉的味道,喜欢有人突然把一撮雪塞进脖项那种惊喜又惊心的感觉。

温暖的火盆

时间刚刚跨入农历的十月,大雪就扑面而来,寒冷犹如无形的绳索捆绑住人的手脚,心里却生出了一个温暖的火盆。

火盆是冬天带给我们的礼物。童年的时候,大人们总是很忙,忙着种地,忙着修路,忙着给大人物们闹革命,常常会忘记了我们这些小孩子,任由我们在四野里行走。而到了冬天,到处是冰天雪地和刺骨的寒风,父母干活回来就会生一盆火,然后把我们喊回家里。记得家里的火盆很大,四周不仅可以放四条长凳,而且还可以放小凳子。父母把我摁在他们前面的一个个小凳子上,前面就是熊熊的炉火,后面是宽阔的胸膛,一家人围坐在火盆的旁边说着家长里短,破屋里盈溢的是化不开的温暖。

轮着上学的时候了,火盆就变小了,而且小学时的火盆还可以随着我们四处奔走。记得第一个跟我奔走的火盆是用碗做的。那个碗是父亲吃饭用的搪瓷碗,黑底子绿花纹很是珍贵,父亲还是在碗口边钻了四个小眼,用铁丝做了一个长长的系,一个火盆就好了。二天的早上,母亲把旺旺的炭火和温暖装进火盆,送进我那空旷破烂的教室。

没有篱笆的菜园

第一辑

教室真的是破烂,虽有房顶,却没有顶棚,屋外的风高兴得从四周往教室里灌;窗户边的风见了,也不甘落后勇往直前;而门口的风呢,更是耀武扬威不可一世。我们虽然有那么多的火盆,教室依然是一片冰凉。教室真的太冷了,老师就把我们带进他的房子讲课。那时虽然没有课本,也没有那么多的作业,因为有了这温暖的火盆,有了老师的细心,我们不仅学会了《毛主席语录》,学会了"老三篇",学会了"算术"、"珠算"等许许多多的知识,我们还养成了刻苦和认真的品质,让我们可以受惠终身。

火盆不仅给我带来了温暖,带来了知识,也给我们带来许多的快乐。那时的冬天很冷,尽管有雪,还有冰,有雪地里奔走的兔子和枝头飞舞的麻雀,但众多的快乐还是火盆带给我们的。我们喜欢用温暖的火盆殷勤邻家的女孩,我们喜欢用熄灭的木炭把学来的知识炫耀在村办公室白白的墙上,我们还喜欢从家里偷一把苞谷粒,在火盆边炮出一粒粒白白的苞谷花。当然,最喜欢的还是把枝头冰凉的红柿子烤出浓浓的汁液,甜在嘴里,暖在心头。

随着我们一天天长大,手里日渐增大可以移动的火盆一直温暖着我们的冬天。待到我高中毕业回老家做了一名乡村教师,我的冬天依然离不开火盆的温暖。不过那时火盆可以不移动了,装火的锅子是专门的火盆锅,周边是一个专制的火盆架子。架子上可以架一个小方桌,我可以在上面批改学生作业,可以读书,也可以写小文章。最好的是大雪纷飞的日子,弄上两个小菜,煨一壶自酿的甘蔗酒,喊上几个朋友,边喝边聊,更是美得不得了。

当然,此情此景也是最适宜调情和恋爱的。调情的事情我没有尝试过,可我的初恋就发生在那温暖的火盆边的。她也是我们学校的老师,在那漫长的冬天里我们常常围在火盆说话。说些什么已经记不清楚了,只觉得越来越投机,话也越来越少。待到四目对望什么也都明白的时候了,爱情就瓜熟蒂落了。

可惜,冬天过去,春天就来了,我的初恋也随风而逝。后来,我也离开了那个山村小学,不觉之中把那个火盆就丢失了。而且,树林禁伐,木炭禁用了,冬天寒流再来的时候,我只好用电炉子、用电暖气、用空调取暖。用电取暖虽然简单洁净,虽然也是暖意融融,然而多少年了,我的心里总是一种空落落的,有种没有依托而又漂浮的感觉,说不清楚也道不明白。

此刻,大雪飞舞,我怀抱电暖气,身背空调,背心处细汗津津,我的心依然在遥远的火盆边。这时,我终于明白了,温暖不仅是一种温度的感觉,温暖更是一种心境。只要我们心境快乐,温暖就会无处不在。

记忆中的野菜

又是春天,温暖的阳光轻轻叫醒了河里的鱼儿,飘摇的柳条就高兴地睁开眼睛嫩绿嫩黄眉眼,桃花杏花就跟着妖娆了如黛的山坡。这时节,沉积了一冬的大地融化了冰凉脸面,心急的野菜急切地钻出地面,我的心思立马就回到了遥远的童年。

童年是个饥馑的年代,饥饿从大年初三就开始了。那也是一个革命的年代,人们不知道要革谁的命,革命的激情却无处不在。初三的阳光里大人开始了自己的革命,我们小孩子呢,就被赶进了地里寻找野菜。

最早出来的野菜是荠菜,我们叫它荠荠菜。荠荠菜常常躲在麦田里,喜欢与麦苗挨挨挤挤的那一份温馨,也喜欢田头田埂的那一片阳光下的温暖。我们就到麦田或者田头田埂去寻找它们。早春的荠菜很嫩,我们是不能用手来拔的,得用小铲子挖。再说,那根也是可以食用的,我们得把根也拔出来填饱我们干瘪的肚皮。荠菜味苦,我们小孩子很不喜欢吃,即便是今天荠

没有篱笆的菜园
第一辑

菜被人说得好得什么一样我也不喜欢，可那时我们喜欢荠菜装满竹篮时青翠欲滴的感觉。

荠菜花开的时候，我们的战场就转移了，我们转移到阳坡的春地里。那是预备种苞谷的熟地，熟地里有年前自生的油菜。新生油菜的叶子阔大软润，握在手里就像握着小孩子的手十分舒服。我们也喜欢油菜的花，金灿灿的十分好看，把它采回家做成酸菜，脆生生，口感非常的舒服。可那时最喜欢的还是抢油菜根。油菜的根虽然吃起来柴巴巴的，可是有一种甜味。为了那么一星半点儿的甜头，我们常常闹得脸红脖子粗也在所不惜。

挖完了油菜就应该是苦麻菜了吧，它的茎呈黄白色，叶片为圆状披针形，表面绿色，背面灰绿色花鲜黄色。母亲把它叫苦妈菜，意思是让母亲那样高手的厨师为难，怎么做都是苦味。母亲让我们去找一种叫萝儿令（不知道学名），茎呈淡绿或者淡红，叶子是菱形、也很像是令牌，抱茎而生，喜欢坐在田间地头的大石头或者河堤之上。把罗儿令连茎拔回来做酸菜，味道绝对美得没话说。

这时，奶浆菜也来了。奶浆菜量小，不好采集，我们就到河边或者小沟的阴凉处，因为白蒿和米蒿也出来了。蒿草的种类很多，我们老家田野能够吃的蒿草也只有白蒿和米蒿。白蒿和其他蒿草的主要区别是茎、枝有被类白色微柔白毛，米蒿的主要特点是叶子像松针一样细密。它们可以做菜，最好是掺苞谷面做蒿子馍或者蒿子糊汤。味道吗，只能说是果腹之物。也许今天也有人做一顿两顿的蒿子糊汤，也不过是偶尔为之调节生活，或是为了回味过去。

到了清明前后，山上满是绿意迷蒙，野菜就更多了，我们也更忙了。河边的水芹菜也出来了，路边的车前草也鲜嫩得让人爱怜，还有一种叫鹅肠的野菜也很是让人喜欢，坡上的韭菜香得让人着迷。当然，人们最喜欢的还是一种叫"灰蝶汗"的野菜。它喜欢生长在洋芋地里，叶子是圆形，向阳的一面纯净柔滑，背阴的一面有许多像蝴蝶翅膀一样的灰粉。用水一焯，泼上烧红的清油，再用大蒜辣子一拌，味道真的是爽。纵是今天，在镇安的农家、甚至是城里的酒店，它依然是一道让人喜欢美味。

快到谷雨的时候，满山就绿了，那时候我们的战场就转移到山上了。山上有椿树，我们爬上树顶，可以采摘那鲜嫩的椿芽，它的香味人们都熟悉吧。还有五倍子的芽子，它也和椿芽一样的香。好吃的还有藤叶，有白藤叶和青藤叶，很少有苦味。最喜欢的还是松树林里有一种叫山白菜的野菜，找着了就是一大片，一会儿就装满了我们的篮子。篮子满了，我们就可以在林子里疯狂地嬉戏，欢乐的笑声就肆意的飞扬，直到今天，那些野菜虽然在我口里泛着苦味儿，可那些笑声仍然在我的脑海里流淌。

那时的日子真的是苦焦，我不知道那时为什么有那么多的快乐。不说是我们哪些少不更事的小孩子了，就连我那经常接受批判的父亲也常常是曲不离口。今天的生活好多了，我不知道今天为什么有那么多的忧郁和痛苦。是欲望，还是其他，我不知道。抬头想看看窗外的春色，高耸的大楼遮住了春天的阳光。所幸暖暖的春风吹了过来，心里也有了一片暖暖的快意。

镇安甘蔗酒

又是腊月，老家镇安的天空又该酒香四溢了吧。

老家的人善于饮酒，老家的人也会做酒。小麦、玉米就不说了，柿子、红薯、洋芋、苹果、玉米秆、蕨根、猕猴桃，甚至是板栗、洋姜，什么都用来酿酒。而老家人酿造的最为著名的酒应该是甘蔗酒了。

甘蔗是一种植物，它很像南方的甘蔗，却又不全像；也像北方的高粱，却又比高粱粗壮。有人叫它甜稻黍，统计局年报时叫甜秆，贾平凹的小说散文里又叫它甘榨，更多的人还是叫它甘蔗。甘蔗到处都可以见到，却混得连个名分都没有，足见其身份的低贱。

甘蔗虽然身份卑贱，它并不妄自菲薄，它会在手指粗的秸秆中聚集大量的甜蜜的糖汁。因为那糖汁，麦黄五月的时节，贪玩的小孩子最喜欢在麦茬地里或者是新开的二荒地里栽种甘蔗。他们忙着为它浇水，忙着为他拔草，为的是让它长大。待到麻雀登上甘蔗头顶啄食红红米粒，甘蔗也就好了，他们急切地把甘蔗砍倒，逢着节巴一节一节折断，空空的书包就撑圆了，身子骨里抖搂出很少见的嚣张。家里来了客人，父母也会拿出甘蔗招待客人，客人的脸上也是一片欣喜，说，今年的甘蔗甜，酒一定很香。

大人听见客人的夸奖，浑身就有了使不完的劲儿，连忙把地里的甘蔗全都砍回来了。他们把秸秆碾碎，切块，再拌上麦子做的酒曲、玉米做的酒母，然后放进酒窖里，上面封上黄泥任其发酵。一月两月过后，酒窖里就会"咕咚咕咚"的响，满屋里就会弥漫着酒香。这时，就可以做酒了。

甘蔗酒的做法是蒸馏。大多是在门前的道场外面垒一座大灶，安放一个直径一米开外的牛头锅做底锅，在底锅的口里放置一个竹笆篓，再放上酒甑（如同一支倒放的木缸、中间有一小洞连接内心的接酒器），里面盛满酒料，上面放一个天锅（天锅里盛满冷水，温度升高时就必须换水）。准备工作做好，然后点燃大灶里面的柴火。随着火势增大，底锅的水便沸腾了，滚滚的热气穿越酒料，带着多情的酒精高兴的向上攀登意欲私奔，突然遇上冰凉的天锅，他们就融为一体变成清亮透明、甘甜爽口的甘蔗酒，随着接酒器的牵引流了出来。先是一点一滴闪亮得如同珍珠，继而是一串银线，然后就是一流清泉，"叮儿当儿"欢快地跳进酒甑外面的瓦罐里。

这时的酒是最好的，老家人叫头子酒，也有人叫头期烧。我不知道为什么要叫这样的名字，可我知道这时的酒最好。拾起瓦罐旁边的酒盅，接一盅品一品，甘甜可口，醇香悠长，美不可言。再接一杯倒进嘴里，甘蔗酒的那份火热的激情不仅停留在口腔里、食道里、胃里,而且很快会贯通我们的五脏六腑和关关节节,让人热血沸腾、浑身的舒坦。不过,那样的头子酒很少,那是酒的精华,一般人家是不提取头子酒的。如若提取了头子酒,剩余的酒就会变得非常的寡淡,谁也不愿意冒那个险。

不过,黄瓜子是例外。

黄瓜子是个酿酒的高手,他做出的酒色纯,味正,纯度高,闻着香,喝着美,而且产量高。特别是他做的酒每次都提头子酒,提了头子酒的酒还都比别人的香,真是让人佩服。黄瓜子喜欢提取头子酒,黄瓜子的头子酒只送一个人。

那人叫王老六,一个爱喝酒的老头儿。老头儿是有了酒不要命、有了命就喝酒的主儿,谁都看不起他。可黄瓜子喜欢。老头懂酒,说起酒来头头是道,黄瓜子一脸的敬佩。黄瓜子酿酒的时候按照老头的说法操作,酒更香了许多。二年做酒的时候,黄瓜子就接一斤头子酒送给老头,二人对酌,别人想都别想。于是年年,直到老头死去,黄瓜子依然年年接一斤头子酒送给老头的坟前,二人对酌,一如从前。算得是宝剑赠英雄、美酒谢知己了。

我知道虽然喝不上黄瓜子的酒头子,也难得喝上一盅老家的头期烧,我依然想念老家的甘蔗酒。甘蔗酒不仅清凉透明、甘甜可口、醇香悠长,而且祛痰化瘀、强身健脾、温骨活血的功能。更重要的是它是绿色的,不掺假,不包装,而且融进了浓浓的乡情和亲情,维系着身边的亲友,也召唤着远方的儿女。

没有篱笆的菜园

第一辑

麦芽糖

　　小时候最喜欢的零食就是麦芽糖了。

　　麦芽糖的制作简单,先将麦子浸泡后让它发芽,待麦芽长到一寸多长,就将麦芽切碎。又将玉米糁用水浸透,把切碎的麦芽搅拌均匀,再用石磨磨成浆,最后过滤挤出汁液。而后把汁液用火煎熬成糊状,冷却后成琥珀状的东西,这就是麦芽糖了。这时的麦芽糖叫板糖,也有叫老糖的。吃的时候可以直接吃块儿,也可以如拉面般将糖块拉至白色再吃。

　　这是麦芽糖的初期阶段,一般的人家都会做。再进一步加工,叫掺糖,就是给麦芽糖里掺东西,那是有一些技术的活儿了。

　　这时,不得不提到我堂姑了。

　　父亲说,堂姑小的时候就不喜欢读书,任凭爷爷责罚都不去学堂。堂姑喜欢女红,喜欢针织刺绣,更喜欢厨艺。我奶奶精于女红,也擅长厨艺,堂姑整天围着奶奶转。十二三岁,堂姑做出的绣品就让奶奶佩服得不得了;十四五岁,堂姑就可以单独做出风味别致的海菜席面了。不仅奶奶赞不绝口,就连走州过县出国洋的爷爷也赞赏有加。爷爷就寻思给堂姑找个好人家,不然会糟蹋了堂姑的手艺。

　　可惜,堂姑的手艺还是糟蹋了。就在爷爷给堂姑寻思好人家的时候,解放了,出身地主家的堂姑连个一般的人家都难以找到。后来,还是给我们家放过牛的堂姑父屈尊,堂姑才得以嫁了一个实诚人家。

堂姑父虽然是个实诚人,家里太穷了,堂姑的手艺实在是没有办法施展。一手高超的女红技术,只能用来浆洗破衣烂衫;一手绝妙的厨艺,只能搬弄洋芋红薯苞谷野菜。不过,堂姑不这样认为,堂姑从不作践自己的手艺。于是,一样的破衣烂衫经堂姑打理之后一家人就有了不一样的气度;一样的洋芋红薯苞谷野菜堂姑父吃出不一样风味。谁见了堂姑父,都会说堂姑父是有福之人。

不仅堂姑父是有福之人呀,我们也成了有福之人,逢着放假的日子我们就往堂姑家里跑,堂姑竭尽所能的给我们做好吃的。我们没有想到堂姑有那么高的手艺,单就一个洋芋,堂姑就可以做出十几个不同的吃法。即使做一个普通的洋芋丝,堂姑做出来的味道绝对与别人不一样,让人百吃不厌。有时随意扯一把草,让堂姑做出来,就能做出让别人忘不了的美味。问母亲为什么会这样时,母亲说堂姑是有心之人,有心了,就没有做不好的事情。

就说麦芽糖吧,堂姑真是用了心思。

麦芽糖做成老糖,可以做成小块直接食用。一般人不这么吃,吃起来浪费,也不雅观,吃少了不解馋,吃多了胃里不舒服。因此,麦芽糖吃的时候要掺一些配料。大多数人家会把玉米粒炒成爆米花,或者把黄豆,讲究一些的把芝麻炒熟,掺入麦芽糖做成块或者切成片,吃起来感觉总是不那么精美。堂姑做糖的掺料时,也用这种东西,可方法不一样:她用苞谷粒、黄豆时,会把苞谷粒、黄豆煮熟,放在雪地里冻成冰疙瘩,然后烺干炒熟,这样做出的掺料脆;堂姑喜欢漏苞谷鱼儿做掺料,就是把苞谷鱼儿漏出来,放到雪地里冻成冰疙瘩,然后烘干炒脆;堂姑喜欢在田头地角撒种一种叫关粟的植物,专门用来做掺料。堂姑用这些掺料掺糖时,还会添加核桃仁、芝麻等东西,适当加一下橘子皮等不值钱的小香料,严格把握比例,所以堂姑做出来的糖色净形美、香甜可口得叫人难忘。

不过,那时候日子太苦焦了,能填饱肚子就不错了,堂姑的讲究很不讨人喜欢。有人就开会斗争堂姑不忘地主小姐的生活,队长还恶毒地让堂姑

干男人该干的淘厕所、泼大粪的活计。尽管那么辛苦，堂姑家的吃喝依然坚持自己的爱好，精心地烹调家里的一餐一粥。再难，她绝不作践自己的手艺；再苦，她也会做出色净形美、香甜可口的麦芽糖让我们记住生活的甜蜜。

艰苦的生活到底没有熬过堂姑的坚韧。日子一天天好起来，堂姑的手艺大放光彩，十里八乡谁家有了红白喜事都会请堂姑去主厨。堂姑主厨的席面客人吃得盘干碗尽欣喜不已，堂姑也是满心欢喜。

后来，堂姑在城里开办了一家私房菜馆，天天都是食客盈门。吃饭的客人不但喜欢堂姑烹制的佳肴，而且喜欢堂姑赠送的麦芽糖。堂姑虽然过起了城里人的生活，堂姑的麦芽糖还是按照老办法制作出来的，色净形美、香甜可口让人难以忘怀。

我离开故乡多年了，依然是年年收到堂姑给我的麦芽糖。那些色净形美、香甜可口麦芽糖不仅勾起我的记忆，也甜蜜着我的生活。

钓在木王 🍃

早就知道木王的杜鹃，早就知道木王的千米石瀑，早就知道木王的原始森林，却不知道木王的水是那么清澈，鱼儿是那么秀美有趣。今年暑期，有机会走入木王国家森林公园，我第一次见到木王的鱼，体会到了木王别样的钓趣。

人常说"水至清则无鱼"，木王的水是那么清澈，水中却到处是鱼儿。

木王的鱼儿都是当地的无鳞小土鱼——游鱼,体态丰盈,全身嫩黄,且伴有暗黑的条纹,看起来十分的优雅;还有一种叫钢条——红尾巴的泥鳅,细,长,身呈浅黄,全身是红黑相间的花纹斑点,十分的漂亮。很想一试身手过过钓瘾,却没有钓竿。这时,一个当地小孩递过他的钓竿。那钓竿太简陋了,竿是圆珠笔杆粗的竹竿,钩是烧红揉弯的缝衣针,饵是河边泥里的蚯蚓。这样的渔具能钓起水里机灵的鱼儿吗?正暗自疑惑,却见那小孩连连钓起鱼儿。学着他的样子,把鱼钩投入水中的石隙,片刻,那鱼儿就上钩了,起钓,摘鱼,那份感觉真是美得没法说。十几分钟的时间,我就钓到了十几条鱼儿。掩饰不住心里的高兴,想说一些什么话儿,小孩却微微一笑,这还不好玩,晚上你再来,我给你钓棒棒鱼。我急忙问:"什么叫棒棒鱼?"小孩笑眯眯地说:"是用小木棒棒钓鱼。"用小木棒棒钓鱼?我更加疑惑,问:"小木棒棒怎么能钓鱼呢?"小孩说:"晚上来了再告诉你。"

　　月上柳梢头,小孩来到河边,我没有问他吃饭与否,就急忙问他怎么钓。他诡秘一笑,什么也不说,随手把自己带来的笊篱、鱼篓放在沙滩上,剪下几个柳树枝条做成小棒,再用麻绳绑住一头,成为伞状,然后抖掉木渣,握在手中。接着,他又拧开手电在河面上扫视一番,选择一个合适的地方,把扎好的柳树枝条放入水中,用电灯光照在柳树枝条投入的地方。不一会儿,红尾巴的钢条就聚集到柳条的周围,转一转,游一游,试探着咬一口,没有危险;再咬一口,还是没有危险,其中一条鱼儿一口咬住那嫩嫩的柳条儿,其他鱼儿见了,一齐游过来咬了上去。这时,小孩就拽着柳条慢慢拉到河边。他捞起脚前的笊篱,轻轻探入水中,放在柳条的下方,往上一提,美丽的鱼儿就在扁平的笊篱上欢快地跳了起来。看着那装入篮中的鱼儿,我从来没有想到钓鱼会有这样的钓法,觉得十分有趣的同时,忍不住接过小孩递过来的柳条儿、手电,按照他的办法尝试着去钓。很快,我便享受到了胜利的喜悦,一会儿五条,一会儿六条,最多一次我用笊篱捞起了十条鱼儿。一个小时过去,小孩带来的竹篓已装得满满的了,我的心里也盈溢着从未有过的幸福和喜悦。

没有篱笆的菜园
第一辑

于是,我高兴又大度地对小孩说:"你把鱼拿回去吧。"

"你不要吗?叔叔。"

"我不要。"

"我也不要。"

小孩说着,拿起鱼篓轻轻地把鱼儿倒进了清澈的河里。我急忙问他:"你怎么不要鱼儿了?"

小孩说:"我喜欢钓鱼,不喜欢吃鱼。"

"为什么?"我满心的疑惑。

"我只喜欢钓鱼的感觉,非常好玩,我不在乎鱼不鱼的。"

小孩说罢,转身融入月夜之中。站在河边听着鱼儿戏水的声音,我明白小孩道破了钓友的心声,钓鱼的乐趣在钓而非鱼呀。

没有篱笆的果园

看园子的老汉叫三伯。大人这么叫,我们小孩子也这么喊。他好像与倒流河的人没有什么亲戚关系,哪一家过红白喜事都不见他,三伯只是我们对他的称呼。

三伯的果园在倒流河的边上,篱笆墙的里边。篱笆墙里有很多果树,春有樱桃,夏有杏子、葡萄,秋天里就是苹果、酥梨,冬天虽然没有水果,一树树的枇杷花却分外香甜。因此,每个季节里,我们小孩子都可以在果园里找到我们的快乐。可是，三伯生生是用一道刺篱笆隔断了我们通往欢乐的路，然后用一条狗看着。

三伯喂了一条狗，三伯看园的主要帮手就是这一条狗。记得那是一条黑狗，遍体像是刷了黑色的油漆，乌黑发亮而没有一根杂毛，三伯就常常坐在果园门口的大青石上用梳子给狗理毛，狗耷拉着耳朵吐着舌头高兴得直呜咽。只要一看到我们走近了篱笆，那狗就收起耳朵和舌头，不怀好意地盯着我们，直盯得我们头皮发麻离开了那篱笆，它才放下耳朵吐着舌头让三伯给它理毛。

因此，我们要想进果园就得先笼络那狗。笼络狗的办法我们想了很多。我们给狗弄剩饭，弄鱼，大头还把他家待客剩的腊肉也弄来小半碗。三伯的狗很讲原则，绝不贪吃。它不吃，我们还是没有进园子的机会。我们就想用套或是用其他的什么办法把狗拴住套牢。那狗真的太聪明了，无论我们用什么办法都被他识破了。办法想了很多，却没有一个有效的，我们只好去找补鞋子的驼子。补鞋的驼子虽然长相猥琐，心眼儿却活泛。听了我们的话后，驼子就让我们找一条母狗领去，保准没问题。

于是，我们就按驼子的话把张理家的母狗牵了去，那狗真的几声呜咽就把菜园狗领到河边去了。那时正是樱桃成熟的季节，我们偷偷溜进园子，爬上渴慕已久的樱桃树。以前吃的樱桃何曾有这么红、这么甜，我们记不得了，我们只觉得三伯的樱桃真的很甜。我们就放开肚皮吃，直吃得实在是咽不下去了，我们才跳下树跑出园子。那一次的樱桃真的吃多了，以至于后来我们的牙都软了，三天也吃不成饭。

可惜，三天过去了春天也去了，挨了一顿饱打的黑狗再也不敢搭张理家的黄狗了，我们也没了再进园子的机会。但我们不死心，我们总想再次走进那园子。那狗在那一次饱打之后更忠于职守，只要我们一走进园子，那狗就叫，如果我们不走，他就会发出狂吠向我们冲来。这时，三伯踏着狗声出来，我们就彻底地失去了再进园子的机会。

怎么再次走进那园子呢？我们还是只有打狗的主意。可是，任凭我们

想了多少好办法,任凭孩子出了多少馊主意,我们总是没有机会再进园子,篱笆太高,黑狗太厉害。因此,我们决定报复黑狗,报复三伯,报复果园。

我们想把那篱笆砍了,却又近不得篱笆。我们就用弹弓去打狗,狗很聪明,一听到石头的风声,就狂叫不止。三伯就出来看,我们吓得四处逃窜。后来,我们又害狗,几个人分别在果园的四周向园内掷石头,狗以为园子进人了,四下追赶,累得狗"呼呼"地直吐舌头,我们得意得"哈哈"大笑。每每我们的笑声还没停止,就被三伯拽到父母的面前,我们的屁股就会留下父母的鞭痕。第二天,摸着隐隐作痛的鞭痕,我们又用弹弓去射枝头葱绿可爱的杏儿、苹果、酥梨和密密的葡萄。只要看到地上葱绿的果子,我们屁股就不痛了,就是被父母狠打,也绝对听不到我们的哭声。到了果子成熟的季节,看到高高枝头上仅剩的几个果子,我们心里又有着说不出的快慰。

无知的童年就在和三伯作对中度过了,三伯的篱笆越长越牢实,狗也越来越聪明。我们虽然长大了,又有了一批不懂事的孩子,果园依然是他们寻找欢乐的地方。直到我离开故乡,记忆中,三伯果园里的果子很少能长到成熟的时候。

在外漂泊了多年,故乡印象最深的仍然是三伯那诱人的果园。高高的刺篱笆,还有围着篱笆转悠着的一身乌黑而且没有一根杂毛的狗。去年秋天,奶奶进城我问起了三伯,问起了篱笆里的园子,也问到了那条黑狗。奶奶说,黑狗已经死了,刺篱笆被三伯砍了,那片果树却很是争气,一年比一年的繁茂,一年比一年的香甜。我又问没了篱笆、没了狗,果子咋能越长越繁茂呢,奶奶瘪瘪嘴,也数说不清,她只晓得三伯每次送给自己的果子越来越多,也越来越甜。我想象不出果实是怎样的繁茂,果子是怎样的香甜,但我真的很喜欢没有篱笆、没有黑狗的果园。

四奶

　　四奶何时来到冷水河，没人记得了。只记得那年瓦的娘生瓦，爱折腾的瓦折腾了三个时辰，还不愿出来。接生婆问是保大人还是保小孩时，那时还是四婶的四奶杵着小脚一捣一捣地来了。四奶净了手，又用蚊香熏了熏，伸手就把爱折腾的瓦拽了出来。捞住腿，又在瓦那粉嘟嘟的屁股上扇了两巴掌，瓦就响亮地嚎叫开了。瓦的娘听了，脸上也有了血色。

　　自此，人们就记得了四奶。四奶从哪里来？四奶有男人吗？四奶有儿女吗？没人知晓。只晓得四奶住着村口的两间瓦房。房外屋檐下有箱蜜蜂，墙角有一群鸡，房前有一块地。地边有四奶栽的一株桃，一株梨，一株枣，一株枇杷。平日里，四奶就在那块地里侍弄庄稼，或是坐在门前做针线活儿，四奶的鸡和小花狗就打闹戏耍，蜜蜂飞来飞去地忙活，桃花梨花妖妖地耀眼。逢着谁家的女人要生了，只消在树下咳嗽一声，小花狗竖起耳朵就叫，鸡就静卧脚前，四奶浅浅一笑，放下家什，杵着小脚一捣一捣地就走了。夜里回来，挂着一脸的灿烂，找出一块红布，绣上虎头、二龙戏珠，或龙凤呈祥、鸳鸯戏水的图案，装上麝香、雄黄、朱砂之类的，做成一个红兜兜，第二天给那孩娃系在圆鼓鼓的肚子上。

　　红兜兜镇灾避邪，孩娃没病没灾疯疯地长。就是生了甚病，也没甚可怕的了。只消在树下"咳"一声，四奶踏着狗声就来了。喘气了，就用梨子煨冰糖;咳嗽了,就在枇杷叶上抹了蜂蜜煎水喝;发筋了,她用麝香烧蚊香推抹。凡是小孩的病,四奶没甚治不了的。况且,都是些小东小西的方子,也花不了几个钱,四奶又不收谁三条黄瓜四棵白菜。第二天,男人上山得麝、采了金差,给四奶分一点,四奶又有了给伢子治病的药了。村里人重情分,欠了谁的人情,总要设法子还上。杀了猪,拎一块肉,年关了,就逮一只鸡,颠颠地给四奶送去。送来了,四奶也高兴地收下。只是三天五日的,四奶又来了,拿一斤红糖和一双绣花鞋,或是三尺洋花布。看着那糖、那鞋、那布,比那肉那鸡贵出了许多,心中兀自没了意思。以后么,就瞅着机会把四奶门前的地翻了,或是把队里分给四奶的粮食送到家里。四奶心里高兴,不住地说着感谢的话。逢着谁家孩娃没奶吃了,她就买了红糖、拿着鸡蛋给人家送去。这是救命的东西,情分是没法还的。得了闲,女人就拉着孩娃去四奶家拉闲话,四奶的家中整天都是热热闹闹。在这热闹声中,也有人想给四奶找个伴儿。可是人们不知道四奶从哪里来,四奶有没有男人。末了,他们又想,即就是四奶没有男人,满村里谁又配得上四奶的贤淑和美丽呢。没人配得上,人们只好作罢。也有人想让自己的孩娃把四奶认作干妈,又想四奶对谁的孩娃都亲着爱着,也只好作罢。只是以后到四奶家来得更勤了,帮忙的也多了,四奶家里好滋润。

就这样,挨着瓦的媳妇生下小瓦时,四奶明显地老了。老了的四奶平日里依旧在门前的地里侍弄庄稼,或是在门口做针线活儿,新来的小黑狗和先前鸡的后代们就在院舍里戏耍,蜜蜂在枝头花间忙活,桃花梨花妖妖地耀眼。这时,村里虽说有了医疗站,却没人信得过。十天半月的,那树下就有一声咳嗽,引出小黑狗的一声欢叫。四奶就放了家什,踏着狗吠一捣一捣地走了。夜里回来,依旧是一脸灿烂的笑。找块红布,绣上虎头、二龙戏珠,或是龙凤呈祥、鸳鸯戏水的图案,装上麝香、雄黄、朱砂之类的东西,做成红兜兜,第二天又系在孩娃圆鼓鼓的肚子上。孩娃气喘了,依旧吃四奶的梨子煨冰糖;咳嗽了,四奶还用枇杷叶抹了冰糖煎水喝;发筋了,四奶还是用麝香点蚊香推抹。都是些小东小西的方子,四奶又不收谁的三条黄瓜四棵白菜。

老了的四奶,一切都似乎没变,其实一切都变了。四奶亲手栽植的桃树、梨树、枣树、枇杷已长得有水桶粗了。红兜兜上的图案虽然未变,红兜兜里虽然依装着麝香、雄黄、朱砂,但系红兜的孩娃已不是当初的孩娃了,当初的孩娃已成了孩娃的父亲或是母亲。山里也没了老獐了,红兜兜里的麝香是四奶托人从山外买回来的。日子也日渐好了,村里的喜事也日渐的多起来,三天五日的,就有人娶媳妇或是盖房子,要么生儿育女,家家都要摆几席,把四奶请上首席。四奶虽说不喝酒不吃肉,但谁也忘不了四奶。吃罢了喜酒,四奶就让当初的孩娃帮她下了满树的梨,或是桃,或是枣,或枇杷,每家每户送一点,然后背进城卖个好价钱,捎回一些红布、花线、雄黄、麝香、冰糖。这些都是四奶离不了的,都是那些孩娃离不了的。

　　又是春天了,四奶门前桃花红得妖娆,梨花刚吐白,枣树吐出新芽,枇杷是一片苍翠。四奶就坐在院舍晒老阳儿。四奶面似桃花,发如梨白,身子骨还显出硬棒。四奶该是七十,还是八十,没人知晓。四奶接生了多少孩娃,救了多少孩娃和孩娃他娘的命,没人知晓,四奶也不知晓。四奶坐在院舍晒老阳儿,看见当初的孩娃在山峁拦羊,在山腰开矿,在河边种地,看见孩娃的孩娃在学堂里读书,在操场上打球,在教室里唱歌。四奶看到这儿,浅浅地笑了。笑罢了,四奶就闭上了眼睛。

　　四奶死了。四奶死了,小黑狗卧在他的脚前,鸡在他的身后觅食,蜜蜂在花间忙活。一阵风拂过,粉红的桃花,洁白的梨花,飘落在四奶的头上,脸上,身上,枝头上就隐约可见小小的桃或梨。枣树也有了绿意,宽厚的枇杷叶间的枇杷亦有指头大小了,门前的地里是一片绿意盎然。

没有篱笆的菜园

第一辑

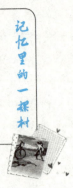

记忆里的一棵树

望一眼窗外骄炎的阳光,身上的汗水立马弥漫全身。随手打开空调,"咝咝"呼叫的凉风虽然擦去了满身的汗水,心里依然是奥热依旧。每每这时,我就会想起我的童年,想起童年的那一棵树。

童年的时候是非常喜欢夏天的,夏天里有很多的好处。夏天可以不穿鞋子,赤着脚四处奔走,不用担心石块割破了鞋底遭受母亲的责罚;夏天也可以不穿衣服,光着背上山下河,不怕荆棘划破了汗衫得到父亲的冷眼;夏天还可以天天用皂荚洗澡、洗头,免得生出虱子让老师嘲笑;夏天的山上地下还有许多好吃的东西,让我们填满那迟早瘪瘪的肚子。最喜欢的当然还是夏天里的那棵树,它承载着我们艰辛的童年里太多的快乐。

记得那是一棵核桃树,粗约两个小孩子双手合抱,高过学校的屋顶,最为神奇的是它的树枝匍匐伸展,竟然探过宽宽的河面,树叶茂盛的时候,俨然是一座树枝搭建的小桥。我们就是沿着那条树枝搭建的小桥,爬上树,寻找我们的快乐。

最早的快乐应是在春夏之交青黄不接的时候,那也是母亲最为熬煎的时候,家里的粮柜早已经空了。父母忙着地里的活儿,就把我们赶去寻找野菜。林子里有狼出没,田地里是没有成熟的庄稼,那里去找可爱的野菜呢?我就想起了那棵核桃树,树下的空地上有鲜嫩的车前草,有萝令,有鹅肠,有荠菜,有麦条,充盈着我们空荡荡的碗。可野菜是有限的,巧手的母亲让我把树上脱落的核桃花拾起来,滤去花瓣,留下花茎,晚餐的饭桌上又有了一碗新奇的东西。多年后,当我走进九寨的藏家,在藏家的餐桌再次吃到核桃花时,我庆幸母亲早就让我品尝了这道美味。

核桃花谢,就该是初夏了,核桃就一天天地长大。先如小小的毛桃,后来像没有成熟的李子,看起来好看却不能吃。不过,那时核桃树的叶子长得茂盛起来,我们就把核桃树的嫩叶摘一片,含在嘴里吹出好听的歌子;也可以把树叶扎成一个圆环、顶在头上,像电影《上甘岭》《奇袭》里的志愿军战士一样,耀武扬威一番。玩得累了、渴了,用树叶做一个小勺子掬一杯清冽的河水;无聊之时,又用那树叶勺子游戏河里小蝌蚪和小鱼苗。

蝌蚪长出了两条腿,核桃又长大了一圈,太阳也越来越歹毒了,可以下河游泳了吧。我们利用中午午睡的时间,折一些核桃树的枝叶,又拔来一些小草,在用沙石在小河之间垒砌一道堤坝。河水慢慢蓄积起来,形成一个清澈碧绿的潭,我们就在河里游泳,在河里打水仗,激越的笑声就随着水花飞溅。此时,如果有女生从河边的路上经过,我们还会发出坏坏的叫声。叫声犹如一条追人的狗,追得女生仓皇逃去,我们就肆意地大笑。不过,也有乐极生悲的时候,就在我们欢笑得意的当儿,老师偷偷拿走我们的衣服。好在核桃树很是仗义,它的叶子做一个围裙,我们就有了回家的路。

树叶做的围裙还没用几次,就放暑假了,整个酷热的假期我们都围绕着那棵树转。游泳就不必说了,想怎么游就怎么游,尽兴尽意,惬意无限。不游泳了,我们就回到树下,树下的草丛中有一块一块的青石板,我们用小石子在石板上画出不同的棋盘,下裤裆棋,五子飞,六子重,还会丢方。也会为了一粒石子的赢输大打出手,或者被弄进河里喝一肚子的冷水。棋下不成了,那就上树吧,树冠很大,树上树下都是清凉,我们可以坐在树枝上吹牛,也可以在树枝上捉知了,舒心得很。即使下雨了,我们也不想回家,把几个树枝一拉,结叶为庐,又是一座避雨的棚子。到了夜晚,那棚子也成了一个休息的场所。

没有篱笆的菜园

第一辑

第二天走出棚子,发现核桃大了许多。摘一个砸开,里面已经有了一半的桃仁了。那时的核桃虽不好吃,可毕竟让我们等待得太久了,还是忍不住砸了吧。讨厌的是核桃外皮的汁液粘在手上,白净的手立马就黑了,暴露我们做贼的行迹,免不了受到父亲责备。怎么才能吃了核桃又不暴露我们做贼的行迹呢? 我们又找来架子车的辐条,用石头砸成弯月形的刀,掰开核桃,剜出桃仁。这种办法虽然不黑手,却常常划伤我们的手。看来做贼也不易,还是让核桃成熟吧。

核桃终于成熟了,摘下一个放在石头上一磕,黄黄的核儿就出来了。再砸开核壳,就是金黄的桃仁,剥去那金黄的外皮,就有了白白的桃仁。有了桃仁我们并不急着吃,而是到地里掰一个苞谷棒子,用火烧熟。然后,就着新鲜桃仁吃烧苞谷,那份香甜,即使三十年后的今天,我依然觉得唇齿溢香。

可惜,快乐总是很短,我们才刚刚品出核桃滋味,大人们很快抢着把核桃收回了家严加看管了起来。这时,老师来了,又是开学的时间了,夏天悄然离去。好在那棵树还在,树上留着今年的记忆。记忆真是好东西呀,多少年过去了,那棵树早已不在了,可是一到夏天奥热的日子,夏天里的那棵仍然会带给我一身的清凉和满心的快乐。

记忆里的一棵树
Ji yi li de yi ke shu

第二辑
脚底的温暖

　　母亲去世的时候,我羞愧得不敢瞻仰母亲的遗容;母亲离开的十多年来,我也不敢写一篇怀念她的文字。不是不想怀念,是不敢忘却对母亲的记忆。

新年的饺子

　　我家的人都爱吃饺子，而饺子好吃却是费工费时的饭食。田里的活儿一茬接着一茬，大人们从清早忙到中午，从中午忙到夜深，一天衔着一天忙，对饺子的期盼只有搁到新年了。新年吃饺子又是家乡的年俗之一，新年的饺子里不仅有着美味的饺馅儿，也有着预示吉祥又能买鞭炮的硬币。于是，就像盼望闰土一样，我也日日的盼望新年，新年到饺子也就到了。

　　在一年的忙碌和期盼中，新年到了，一年中难得这么一天半天的清闲光景。娘就擀出薄得透明的面皮，拌好饺馅儿，再数出一枚一枚锃亮崭新的硬币，一家人团坐在暖暖的火塘四周，包着饺子，述说着家长里短，平日忙碌清净的家里就多了一份亲情和多了一份温馨。在这温馨和亲情的背后，包饺子的大人多了一个心眼，我们小孩子也多了双眼睛，看那些硬币是如何包进饺子的，看那有硬币的饺子的模样。无奈，硬币就那么包进去了，饺子的形状一个像似一个，分不清哪个有钱哪个没了。我唯有撑开肚皮放量吃，以便吃出更多的硬币，讨得一年的好运气。可是，即使大年三十抗着不吃饭，把干瘪的肚子吃得像鼓，吃得走路出气都发生困难，我吃出的硬币仍然没有大姐二姐吃出的多，那些硬币买来的鞭炮也没有其他孩子的炮响。

　　究其原因，大概是因为大姐二姐会包饺子的缘故。因为她们会包饺子，钱怎么包进去，哪个有哪个没，她们自然比我清楚。因此，逢着阴雨天娘不用去干活而有了片刻的空闲,我就缠着让娘教我包饺子。那时的日子苦焦,麦面少得可怜,娘就用细苞谷面掺一撮麦面再擀成面皮,抓上一团酸菜或是洋芋丝做馅儿,我就包得有滋有味了。只是放在锅里一煮,浑圆硕大的饺子就成了半锅酸菜或是洋芋糊糊。好在本意不在吃饺子,也没有什么遗憾和叹息。就这样我就会了包饺子,就这样,我又开始盼望新年。

新年又到了,我才记起包饺子做饭之类的勾当是女人干的,我虽然只有十岁,终究算是一个男子汉,包饺子的勾当我是不干的,我只能干该男人干的事情。因此,在大年夜我把娘准备包饺子的硬币偷了一半,为了怕挨骂,天未亮我就溜出房子,挨着饭熟我被娘唤回家。我内心有鬼,自然不敢正视娘的眼睛,接过娘递来的白雪雪的饺子,急急把硬币埋在碗里,低下头吃饺子。饺子一个个吃了,硬币一枚一枚地响。末了,我吃出的硬币自然比她们吃得多,她们自然比我吃得少。望着大姐二姐一脸的惊愕,我涎着脸皮说:"今年好运气!"

这年我确是好运气。因为我吃出的钱不仅在家里是最多的,而且在全村里也是最多的。这样,我放的鞭炮在全村也是最响的,盖过民兵连长儿子的鞭炮。连长的儿子不服气,也因为我的好运气把他打得鼻青眼肿,我就成了全村孩子的领袖。可是,由于我依恃自己的好运气殴打了民兵连长的儿子,父亲被定为漏化地主,母亲也戴了一顶坏分子的帽,每天不仅要付出更多的劳动,而且还要接受早晚的批斗。屁股上的鞭痕也终于使我明白,我们孩子的好运气是随着父亲亲情的好运而存在着。就像一个国家失去了尊严,她的人民又到哪里寻找自己的尊严呢?

明白了这些,我感到十分的惭愧和自责,我也比以往更多了一份追求和向往。课后我不再贪玩,总是和大一点儿的孩子上山去砍柴,挖药,或者到河里逮鱼挣钱。我把钱积攒在一起,我又在期待新年的到来,想在新年到来的时候,让父母拥有一年的好运,让全家拥有自尊、幸福又一年。

在急切的期盼中,新年又到了。新年到来的那一天,我忘记了男人不进厨房的古训,把一多半的面皮和饺馅儿搬到自己的怀里,然后拿出我挣来的

脚底的温暖

一百多枚硬币,我要把新年的祝福包进去,我要把自己的歉疚包进去。这时,民兵连长家的鞭炮响了,我也把刚刚从他家跑出来的红火也包进去。待到饺子煮熟的时候,我把自己包的极丑的饺子舀进父母的碗里,我把大姐包的有钱的饺子舀给二姐,把二姐包的有钱的饺子舀给大姐,最后我把娘包的漂亮的可能没钱的饺子舀进自己的碗里。

那一年我碗里虽然没有吃出多少硬币,可父母和大姐二姐却吃出了好多的硬币,吃出了一年的好运:那一年,父母双双摘掉了帽子,那一年,大姐找了一户好人家;那一年,二姐考上了中专;那一年,我虽然没吃多少硬币,我也有了好运气——考上了初中。

嗣后,我家年年新年都吃饺子,吃有预示好运的硬币的饺子。即使我们姐弟分居四方的现在,每到新年的那天,我们都会从四方回到老家,围坐在父母的身边包饺子吃饺子,我们包进的是自己衷心的祝福,我们吃出的是一年年的好运和一家家的团圆。

雨中的父亲

对父亲的记忆是镶嵌在雨中的。今天的窗外又是阴雨,我又想起了雨中的父亲。

在上中学以前,我记忆中父亲总是偏爱弟弟,每次看到弟弟与父亲亲昵的神情,我非常羡慕,好想和弟弟分享一点亲昵,可父亲没有,一点儿也没有，我只好用冷漠来掩饰我对父爱的渴望，只好用勤奋读书唤起父亲对我关注。可一切的努力都似乎没有效果，父亲就像太阳关注葵花一样关心着弟弟，而我就像葵花下面的小草，借用太阳的金光孤独的成长。我想父亲是不爱我的，我在心里隐约对父亲抱着一丝恨意。这种恨直到我上了初中，我才明白父亲爱的真切。

那是一星期天，因为河里涨水我无法回家，上个星期天带来的菜没了，粮也吃完了，我只好龟缩在床上用睡眠来对付不时袭来的饥饿。可睡眠并非饥饿的对手，一次次的美梦都被饥饿吵醒，醒来了我就无望地盯着饥饿的屋顶，想象着十几里外的家和家中幸福的弟弟。我想，我如果是弟弟，父亲该怎么对待他呢？我几经努力，父亲会怎么对待弟弟，我怎么也想象不出，倒是眼眶里的眼泪却像屋檐上雨水汩汩地流。于是，我对父亲的恨意随着这雨水一点点积聚，直到那份恨意积满心胸，我才漠然地睡去。在睡梦里，我积聚的仍然是对父亲的恨。

可是，当我再次从梦中醒来时，看见了雨中走来的父亲。父亲戴着没了帽顶的草帽，用从村长家里借来的雨衣包着苞谷糁、菜和干粮从雨中走来。我知道河里的水大得父亲怎么也不能蹚过，父亲一定是贴着河沿走过几架山来到我上中学的小镇。父亲舍不得穿鞋，甚至连一双破草鞋也没有穿，脚面被荆棘和利石割划出许多的裂口。随着身上雨点的滴落，父亲的脚上就开出一朵朵鲜艳而美丽的花。我知道父亲为给我送粮是冒着生命的危险，我才明白那脚上的鲜花注解了我们父子情深。于是，我第一次扑进了父亲的怀里，第一次在父亲的面前放声大哭。泪水洗去心中所有的仇恨和委屈后，我终于明白，父亲对儿女的爱是平等的，只是对不同的孩子有着不同的表达方式。

父亲在雨中的情景激励我读完初中、高中，因为身体原因我并没被大学录取。在父亲的奔走下，我又成为一个乡村代课教师，也许正因为我身体的原因，父亲开始为我安排另一件事情。那段时间，父亲常常利用农闲的雨天去拜访他的一个难友，将难友的女儿收为义女，本不来往的两家就有了许多

脚底的温暖

第一辑

的来往。当我为父亲的举措颇感费解时,父亲却又在一个风雨天来到我教书的学校。那一天他喝过许多酒,披着一身的春雨告诉我:"事情没弄成。""什么事没有弄成?""亲事。""跟谁的亲事。""你和××的亲事。"望着我懵懂的神情,父亲又说:"你以为我仅仅是要收她做义女,我是发现她聪明能干,想给你做媳妇呢。没想到她没答应。"父亲说罢,竟然流下我没有见过的眼泪。父亲的眼泪落在早春清冽的风雨里,我的心里满是说不出的感动。

父亲的一生中经历过太多的风雨。幼年丧父,解放初兄弟失散,三年的牢狱,三十六年的"反革命"的生涯,人生的风雨和坎坷一场接着一场,一件接着一件,父亲都用他的单薄坚强的身体扛着过来了。父亲的瘦小的身躯之中不仅有铮铮的铁骨,也有着追求美好生活的执着,有着对友邻亲朋的关爱,有着对儿女的关怀和期盼。风雨中的父亲没有伟大的理想,也没有可歌可泣的业绩,却有着一个普通老人可亲可敬的正气。他总想努力地遮挡所有的风雨,留给儿女的是遍地的阳光。

父亲从风雨中走来,又在风雨中离去。父亲离去的那几天不仅有雪,也有雨,雨雪交加的天气我们正在熬煎父亲上山道路的艰难。可在上山的前夜,雪停了,雨也住了。我不知这是上苍感念父亲一生中历经了太多的风雨而发出的慈悲,还是父亲乞求老天恩准不让自己的儿女和亲友再受风雨的折磨的努力结果,反正父亲上路的前一天雪停了,雨也住了,太阳还露出了难得的笑脸。在送父亲上山的那一天,遍地都是金色的阳光。

前不久,朋友的父亲永远地离开了,从朋友的话语里我感受到他内心的伤痛和悲切。深深地知道语言的浅薄和无力,无法化解朋友内心的伤痛。因而,我也想起了我的父亲,我把自己几年前所写的文章贴上来,希望在怀念父亲的同时,好好地生活,幸福地生活。因为远在天国的父亲在看着我们,只要我们生活幸福,他就会露出愉快的笑脸。

百家被

我不在家的时候,母亲一定是听信了那个算命先生的蛊惑,说我龙年不顺,母亲就准备着给我做一床"百家被"。

在家乡的传说中,"百家被"是用来禳福避灾的,但"百家被"缝制起来是非常费劲儿的。首先,它的材料必须到一百家去讨要,而且还附带一百家的一百个真心的祝福。我家住在一个小山沟里,四邻的乡亲就分散居住在山坡、山梁上,或是在另外一个偏僻的小山沟。如果要做一床"百家被",单是到一百家讨要布角就要十天半个月的时间。母亲已是七十四岁的老人了,头昏、眼花、耳聋、腿脚不便,我担心如果母亲在为我讨取幸福的路上发生意外,我的心就会永远不得安宁。况且,我从来都不信这些鬼语巫言。母亲说:"你信也罢,不信也罢,但至少没有坏处吧。"为了阻挡母亲的脚步,我不得不说出违心的话:"'百家被'太土气,摆在床上别人笑话"。母亲抬起头,用那昏花的眼光盯了我好久好久,然后叹一口气起身去逗她的孙子去了。我也叹了一口气。我想母亲总算是听了我一句话。

可是,时隔不久,母亲来到我蛰居的小城,一脸疲惫,一身风尘,背上还背了一个大包袱。我想,母亲一定又是给我送吃的来了。我满怀欣喜接过包袱,当着她的面打开,看到了家乡传说中的"百家被"。

这是怎样的一床被哟。雪白的被里虽然与普通的被子没有什么差别,可夹心的棉花却来自一百多个家庭,特别是一百多个家庭的布角组成的五

彩斑斓的被面,让人惊叹而且难忘。母亲竟然讨得了六百五十四块布角!不知母亲费了多少心血,对这些布角进行了多少次排列组合,做出了这么一件别致的被面。捧着这件珍贵的"百家被",回头真想对母亲说一声"谢谢",而我的话还没出口,母亲又从包袱里掏出一件清雅大方的被罩,说:"嫌土气了,用被罩罩起来,别人就不笑话了。"

听了母亲的话,我的泪潸然而下。此时,我才理解,母亲为儿女求幸福的脚步是不可阻挡的,纵然有千难万险,纵然是天涯海角,母爱无处不至,母爱无处不在。

脚底的温暖

记得还是在去年具有世纪之寒的冬天里吧,我暗自庆幸自己脚很争气,竟然没有长冻包(冻疮的初期阶段)。谁知道小儿大脚就痛,一走路就是尖锐的痛。脱下脚底的袜子,袜子上有淡淡的血迹。打一盆热水泡泡脚,发现自己的脚跟有了一道不小的裂口。一份悲凉从丹田升起,我知道我老了,老得脚都不出汗了。

我是汗脚,从小就爱出汗。小的时候伙着小朋友到处奔跑,脚底从来就没有干爽过。夏天就不用说了,春秋也不打紧,特别是冬天,穿着黄胶鞋的脚密不透风,一运动就是热血奔流,片刻的时间脚汗就会湿透袜子、钻出脚外。如果坐在那四处透风的教室里听课,那些汗很快就会凝结成冷水浸泡着脚板。那份冷,一点一滴地往里割,一丝一丝往上爬,像猫啃噬一般,痛得难受,痛得钻心,直到后来麻木了才罢休。下课了,我们又去追逐嬉戏,又去挤暖暖,脚下又有了腾着热气的汗水。如此三番的几天,当我的脚再一次温暖时,我感觉我的脚跟、脚趾隐隐发痒。脱下那散发着臭气的袜子,发现自己的脚跟、脚趾生出冻包,红红的,艳艳的,很是委屈,似乎在抱怨着我的粗心。

脚生出了冻包,忙碌的母亲又有了新的活儿。母亲每天晚上都会烧一盆热水给我烫脚。记得那水真烫呀,母亲却狠下心来把生有冻包的地方浸泡在水里,片刻之间又拉出来。时间长了,她怕烫坏了我的脚;时间短了,达不到治疗的效果。烫脚的效果很好,可是第二天的脚汗依然会卷土重来。母亲不厌其烦地为我烧水、给我烫脚,绝不会因为冻包的卷土重来而放弃治疗。因此,我脚上地冻包从来没有溃烂成冻疮,我每一天都可以快乐地上学,快乐地嬉戏,冻包也跟着快乐地来往。

母亲继续为我的脚忙碌着。她熬更守夜地为我赶做棉鞋。母亲的手艺好,做出的棉鞋漂亮又温暖,穿在脚上轻巧又透气,脚下温暖了许多。然而,冻包依然纠缠着我的脚。记得那时的雨水多,每年的冬天都会下几场大雪,一场雪也会积存多少天。那样的天气,是不能穿棉鞋的。穿着胶鞋去上学,脚底不仅有汗水,还有雪水,冻包得意地又回来了。为了对付冻包,我想过很多的办法:像大人一样用苞谷壳子包脚,挑选苞谷胡须垫脚,还到山上采集野棉花暖脚。想了很多的办法,都制伏不了顽固的冻包。于是,我问父亲,我为什么会长冻包。父亲说,你年轻。你看我就不长冻包了,我的脚炸裂子。回头看看父亲的脚板,沟壑纵横的裂子让人惨不忍睹。

后来,我工作了,脚下的冻包几乎年年都要回来寻找我这个故人。母亲的关心依然如影随形。每年的冬天,她都会为我做一双棉鞋;每次见了面,她都会问问我的脚。后来,母亲老了,做不了棉鞋了,母亲又觍着脸请别人为我做棉鞋。那时我很年轻,整天坐在办公室里不怕冰雪雨水,可我顾及面子,几乎天天穿着单薄的皮鞋上班,冻包也就成了老朋友了。好在母亲经常的唠叨,我就常常用母亲的方法对付脚下的冻包。冻包依然没有溃烂成冻

疮,我依然风度翩翩奔走在红尘之中追名逐利。

那时候我真的年轻,心中只有功名利禄,想着追逐爱情,很少想起年迈的父母。他们给予了我生命,给了关怀,还牵挂着我的所有的所有,就连一个小小的冻包也不曾忘记,可我很少去关心他们。我的单位离家只有二十多公里的路程,我甚至两个月都不曾回家。记得有一次母亲生日回家,喝得酩酊大醉,竟然忘记给母亲一份生日的礼物,却毫不羞愧地接过母亲给我准备的吃的喝的穿的。我还记得,母亲临走的前一个月,说过想坐一回火车,还说想看一场老戏,我记不得混账的我当时忙于什么狗屁不是的事情,竟然没有让母亲实现自己最后的人生夙愿……

因此,母亲去世的时候,我羞愧得不敢瞻仰母亲的遗容;母亲离开的十多年来,我也不敢写一篇怀念她的文字。不是不想怀念,是不敢忘却对母亲的记忆。

母亲离去十多年了,儿子早已经迈入了中年,我那远在天国的母亲依然放心不下她的儿子。我想告诉母亲,儿子的臭脚已经不出汗了,也不长冻包了,您就放心吧。我还想问问母亲,儿子的脚炸裂子了,您还有什么好办法呢?

放牛

每年的暑期,无论工作多么繁忙,我总要挤出时间回老家放一天牛。

出生的那天,父母就知道我将来成不了全劳力,父母从那天起就忧虑着我的未来。那时,父亲是现行反革命,母亲是地主分子,刚出生的我自然是狗崽子。狗崽子自然没有别的出路,只有去干活。可是我身体有问题,自然做不成全劳力,城里能干什么父亲母亲想象不出来,而村里在能做的会计、队长、保管员之类,父亲母亲想都不敢想,父亲母亲撑破了胆子终于为我的未来找了一份工作——放牛。

其实,在那种年月放牛都轮不着我这样的狗崽子,可父母实在没有其他的办法可以安排我的未来。为了使我长大成人后能干上那份工作,父亲母亲早早地为我做起了工作。他们不仅赔上比以前更为殷勤的笑脸,而且还做出了许许多多的努力。父亲用他在监狱学来的油染手艺为别人油染家具,母亲用自己的厨艺为别人做香做辣做吃做喝。父母的努力没有白费,善良的乡亲们纷纷提议让我长大了做放牛员。大队、小队干部也没有意见。于是年年春季的生产安排会上,我都会被生产队定为放牛员。无可骄傲的我,每年的这个时候总是很骄傲地挺着瘦小的胸走在学校的操场上,因为全村只有我一个是放牛员。于是我就急切地盼望自己长大,长大了我就会成为放牛员。

我终于长大了,我也上完了高中,因身体的原因我失去了升学的机会,回到了农村。可是几年前集体已解散了,牛也分到了各家各户,村上组上都没了放牛员。村、组干部见了毕了业,又没有了集体,有人就鼓动把村里不多的几头牛集中起来,再掏一份工钱,给我找一份谋生之路。我接过了牛鞭,满眼的泪水就奔涌而出。我知道这根牛鞭是由许许多多的爱组成的,我唯一能做的就是把自己的爱倾注在牛身上。

遗憾的是那根充满关怀和爱意的牛鞭我只握了一天。因为父亲的奔波我又去做了一名乡村教师。后来,我又成了乡政府的干部,继而到文化馆被人称为"作家"。在这十几年的跋涉中,无论我在哪里,无论在干什么,总要在暑期挤出时间回家去放一天牛,做一天放牛员。有时,工作上遇到了挫折,生活上遇到了困难,或是受到歧视,我都会回到老家放一天牛,做一回放牛员。手握牛鞭,心中的痛苦、生活的困难和心里的屈辱,一切的一切都会烟消

云散，拥有的就是那份关心和挚爱。这时，我想待我有了妻子，我就把这故事讲给她听，等她听完了这个故事，我希望她说："走，我们去放牛！"这时，我又想，待我有了儿子，我不仅要讲给他这个故事，而且要领着他去放牛，我传递的不是一种仪式，传递的是人的一生中人最为渴望的关怀和爱心。

红樱桃

　　说出来你可能不信，在上中学以前我不知道樱桃是红的。当我第一次在上中学的小镇上看到那红红的"豆豆"时，先不知道是什么，乃至明白是樱桃的时候，我又不相信自己的眼睛了。

　　那真的是樱桃吗？得到那卖樱桃的女孩的再一次肯定的回答后，我还是疑惑不解。樱桃怎么是红的呢？记得我们村学校操场外面是有一棵樱桃的。一到春天的时候，长长的枝条上就会开出白白的樱花。樱花落了，叶子就出来了，待叶子长到榆钱大小的时候，绿格生生的小樱桃就露出了笑脸。从此，我们就天天站在树下，或是爬上枝头，看那可爱的小樱桃长大了没有。可那小樱桃长得太慢了，太慢了，叶子早已长大成"人"了，他还蹲在叶子背后不愿意出来。直到麦子抽出穗子，它才姗姗来迟有了"人"形。这时，我就得意地笑了。我们知道再有三两个日头，或者是一场春雨，樱桃就会一颗一颗的变黄。樱桃黄了，我们又可以品尝到樱桃的美味了。想到这里，撩起袖子擦一把嘴边的哈喇子，平淡的日子里就有了些许的愿望。

三个日头过去了，一场春雨也来过了，枝头上的樱桃就黄了，我们推推搡搡地爬上了树。那树太小了，小得容不下第二个孩子。树下的孩子就喊枝头上的孩子快下来。他怎么愿意下来呢？他不下来了，就招来了一串串的骂声，骂声激昂，骂声也歹毒，他仍然是不管不顾。等到他吃得牙齿牙软得不能动下了树下又一个小孩爬上树的时候，手边上已经没有了黄樱桃。黄色的樱桃飘摇在遥远的枝头上，为了那三颗五颗的黄樱桃，只好狠劲地摇那长满樱桃的枝条。待那黄色樱桃脱坠下枝头，地下落了一层樱桃，树上的樱桃也就少了许多。五次三番，樱桃越来越少，当我们用弹弓打下最后一颗黄樱桃后，就剩下一树残枝败叶了。

如是年年，我们等不到樱桃成熟，也自然不知道樱桃是红的。因此，当那红红的樱桃摆放在我眼前的时候，我自然不敢相认红的就是樱桃。我确信那红红的"豆豆"真是成熟的樱桃后，"哗"的一声就泪流满面了。我不知道那时的泪水为什么那么辛烈，我也不知道那泪水洗刷的是苦涩，还是悲哀，一任他汩汩地流。擦着泪，我在女孩的提篮里拾了一粒红樱桃，把玩了很久，很久，依依不舍又小心翼翼地塞进嘴里，我第一次真正品尝到了樱桃的美味，才知道嘴里的樱桃是那么圆，那么滑，那么润，那么甜，美妙得让人回味无穷。

品尝了樱桃的美味，我就到学校操场外的樱桃树下拔了一株樱桃幼苗，把它栽进门前的自留地里。我要向他们证明我没有吹牛，我要向他们证明樱桃是红的。樱桃好吃树亦好栽，一抔土一瓢水，三年五载，小小的树苗就长成了一株小树。小树是知道我心思的，急急地生长满了樱桃，麦子抽穗的时候，我们一村子的小孩终于明白我没有欺骗他们，终于知道了樱桃是红的，我们一村子的孩子终于品尝到樱桃的真正滋味是那么圆，那么滑，那么润，那么甜，美妙得让人回味无穷。

今年，又是麦子抽穗樱桃红的时节，那年植下的小树已是参天大树了。回到故乡站在树下一边品尝着樱桃的美味，一边讲述过去的故事，年幼的侄儿怎么也不相信，他们不相信我不知道樱桃是红的。他们凭什么相信呢，他

们没有经过那份苦难，他们有理由不相信。看着他们满眼的疑惑和不解，我希望他们永远都不要相信，真的，永远都不相信那是真的。

门里门外

高中毕业那一年夏天，要过生日了的父亲当时在一个叫柴坪的小镇上为别人做油漆，母亲就给了我两块钱让我去接父亲回家。母亲详细交代我在什么地方坐车，在什么地方下车，又去找什么人就可以找到父亲。一切安排好了，母亲就让我随村里的一个拖拉机进城，然后再坐班车去找父亲。

可是待到我赶到车站，到柴坪的唯一的一趟班车已经走了，我顿时傻了眼。柴坪是去不了了，又不知道邻居怎么办呢？这是我第一次进县城，那时我的脑海里虽然装满了国内国外的大都市，我也有着一个又一个的远大理想，但眼前这个小城我还是非常陌生的。城里也有一两家亲戚，找又不好意思去麻烦他们，我只有到街上去转悠，意欲寻找一个熟人寻找一个办法。

县城里的人虽然很多，却没有我的一个熟人。转悠了几圈，肚子已经饿得呱呱叫了，我只有用那两块钱先填饱了肚子。肚子饱了，晚上又住在哪里呢？我只有继续在街上去转悠，以期碰上一个熟人，或是碰上我的亲戚。从八点转到十一点，县城的街道我不知转了几个来回了，街道上已经没有什么人了，我不仅没有碰到我的亲戚，也没有遇上我的熟人。该怎么办呢，好在是夏天，年少又自尊的我就准备在那个楼房的雨棚下过一个晚上。那时县城里的楼房不多,除了县政府、公安局就剩下邮电局和文化馆的楼房了。县政府、公安局太严肃了,邮电局的雨棚又太狭窄,我选中了文化馆的楼房。文化馆楼房前不但宽敞,而且还有一块黑板可以遮挡风雨。于是,我就在文化馆的楼房前睡下了。当时有没有其他的什么想法我已经记不清了,可我还记得第二天早晨醒来看看那高大的楼房我就暗自下了一个决心——我将来一定要到这个房子里面来工作。那时,我是一个落第回乡青年,熟知要实现这个理想需要多么艰难的努力,但是为了实现这个理想,我别无选择。

经过十五年的努力,我由一个农民成为文化馆的文学干部,终于实现了我少年时的理想——到文化馆工作。虽然文化馆的楼房在如林的楼房面前已是那么破败,可我仍然感到十分自豪——因为残酷的现实使我付出了太多的艰辛和汗水。我十分珍惜我这份工作,我努力干好每一件事情。也因为我的努力,后来我又成文化馆负责人,俨然是这座楼的主人了。我深知自己的不易,我对自己对同事要求都非常严格。因此,当我看到单位新来的大学生一副怀才不遇的神态后,我就把我的故事讲给他。没想到他听了我的故事后,想都没想,说:"你干了二十年才走到我一夜之间就得到的这一步,你凭什么来要求我?"我虽然被噎得白眼直翻,我也知道我奋斗二十年的成果不过是他的起点,可我还是耐着性子告诉他说:"是呀,我二十年才走到现在起点的这一步,如果你用二十年的时间,你一定会拥有你想得到的东西。"看看他似有所悟的神情,我又说:"人生的路上,也许我们无法选择我们的起点,可是我们的努力可以决定我们的高度。"

他听了我的话,从此改变了自己的工作态度。一年之后,他就找到了一份理想的工作。临走的时候他告诉我,人和人是没法进行比较的,可人必须学会和自己比较。

是的,人生的路上我们常常无法和别人比较,可我们必须学会和自己比较。学会了比较,我们才能进步。

脚底的温暖
第一辑

菜罐

　　上中学时，我最大的愿望就是有个医疗站卖完了药的空瓶子做菜罐。因为家里穷得叮当响，父亲就把空了心的树锯一截，安上底，拴根藤条，给我做了一个菜罐。父亲手艺拙劣，做工粗糙，菜罐就显得又丑陋又可爱。况且里面的货色又说不出口，更使我对药罐增添了几分渴盼，以便能增添一分身份。

　　可是，直到中学毕业我也没有得到一个药瓶子，医疗站所有药瓶子都让村长的儿子筐给包了，而且每个星期都是新的。这个星期是"止疼片"、"去痛片"，下星期必定是"土霉素"、"四环素"，好像他家里吃药似的，而且里面的东西也好：一瓶酱豆炒肉片，一瓶麻辣豆腐或者炒鸡蛋，有时还有我们叫不上名字的好吃货。每个星期天到二十里外的学校时，筐就被这一罐罐好吃的货和一包白雪雪的包子馍扯住了腿，待到他赶到学校，我们已在操场上蹦跳了一个下午，肚子里的野菜糊汤早已没了踪影。这时，看着他身后的包包蛋蛋，我们就闻着了馍香、肉香，肚子"吐噜"一响，心里就恨得要死。此时，只见他一笑，掏出了馍，拿出那还冒着热气的菜让我们吃。起初我们不吃，我们知道那些东西好吃难消化，他却不答应，他说谁不吃，就给他当村长的父亲说谁打了他。他父亲是阎王，整人整得狠，连鬼都怕他三分。于是，我们就咬牙切齿地吃，就像是吃他爹的肉，吃他的心，我们吃得香，他也看得香。第二天吃饭时,筐就把他那孤零零的药瓶罐和我们一堆丑陋的菜罐放在一起,他吃我们那又苦又涩又酸又说不出口的货色,我们就狠劲吃他的肉片,吃他的豆腐吃他的鸡蛋,他吃得香,我们也吃得香。

那些东西好吃也好消化,他爹也未找过我们的麻烦。只是吃归吃玩归玩,我们仍是不搭理他。他那些好吃的东西仍然由他瘦小的身子背来,仍然是孤零零地和那一堆菜罐放在一起,吃的时候,我们仍然一边吃,一边骂。到后来,筐的爹就生生地被我们骂死了。

筐的爹死了,死时吐血又屙血。村里人都说是烂心死的,只有我们知道,他的爹是被我们骂死了。

筐的爹死了,筐家似乎也不吃药了,也扔了药瓶子,也没有酱豆炒肉、麻辣豆腐和那白雪雪的包子馍了。筐的娘就给他锯了一截空了心的树,安上底,拴根藤条,做了一个远不如我们的丑陋无比的菜罐,罐里的东西也是说不出口的吃货。每次吃饭了,他就把那丑货和我们的菜罐摆在一起,我们菜罐的东西这时候反倒比他菜罐的东西好吃。谁也不吃他的,他自然也不好意思吃我们的,而我们已经吃惯了他的东西,久不见了。反而记恨起他来,筐就像队里的反革命,谁也懒得搭理他。

又一次吃饭的时候,我们的菜罐又摆在了一起,却不见筐的那个丑货。抬眼望去,瘦小的筐孤零零地待在校园的一角,一个人,一只菜罐,捣一下菜罐,吃一口饭,吃得喷喷香。那时我们无疑是太聪明太聪明了,互相看一眼,知道筐定是拿来了好吃货了,我们眼睛一个对视、喉结上下一滚,满怀希望冲过来,夺过了筐的菜罐。我们没想到,真的没想到,筐的菜罐竟然是空的。

不久,筐就孤零零地离开了学校。

再不久,筐就和他的娘搬出了倒流河,此后,就再也没有见过他,唯见他的老屋一日日地老去。

如今,筐住过的老屋已坍塌了,昨日已成为历史,往事已如烟散去,而我总是忘不了那个丑陋的菜罐,忘不了筐那孤零零瘦小的身子,漫漫长夜独酌孤灯,我便有了二十年的忏悔。我不敢奢望得到筐的原谅(因为我

自己都不能原谅自己），我希望筐能知道我永远的忏悔，我也希望人们都有一颗宽容豁达的心胸，多一分理解和宽容，生活就会多一分爱，少一分忏悔。

打锦鸡

打锦鸡的时候我还在一家山村小学里教书。我们学校有一个叫"田寡妇"的老师，打锦鸡我就和"田寡妇"在一起。

"田寡妇"不是寡妇，是个男人，是我们学校的教导主任，一个很善良很可敬的人。因为那时小学课本里有一篇《田寡妇看瓜》的文章，被他讲得绘声绘色而获得全镇老师的好评，他就拥有了这个美好的别称。

锦鸡不仅毛色绚丽多彩美丽异常，而且长长的尾巴非常靓丽。老戏里的穆桂英常常都是戴着这种尾羽披挂出征的。我们不仅仅是为了锦鸡美丽的羽毛，也是为了打打牙祭，更是为了寻找一点儿乐趣。

打锦鸡当然是在夜里。锦鸡不但漂亮，并且非常机灵，白天里稍有一点儿风吹草动，它就呼扇着美丽的翅膀从枪口边飞走了，就像一个美丽的女孩嗅着男人身上的穷味一样，一点儿都不留恋。到了夜里，锦鸡们就飞进林子里，要么攀附在藤架上，要么站在树枝上。这时，我们走进林子，站在树下，或是藤架的下面，拿着装有三节电池的手电，美丽的锦鸡见到灯光，就像女孩听见白马王子的爱情表白，高兴地叫起来，站在那里不敢动弹。漂亮的锦鸡就跌进"田寡妇"的陷阱,我们的餐桌就多了一道诱人的野味。

不知和"田寡妇"一起打了多少回锦鸡,也记不得吃了多少盘锦鸡了,我才发现学校的一位漂亮得如同锦鸡一样的女教师未动一箸。于是,我就问她为什么不吃锦鸡。她说又不是我打的,我凭什么吃呢?说罢,她就冲着我笑,从她的笑脸上我知道她想跟我去打锦鸡。这时,我已是一个不错的猎手了,我就答应和她一起去打锦鸡。

"到了,就是这片林子。"我紧张地说。

"锦鸡漂亮吗?"望望幽深的林子又看着我手中的枪,她问。

"那还用说?"

"那么美的生灵你忍心去毁灭吗?"她又问。

以前我真的没有想过,经她这么一问,我觉得锦鸡是不该有此一劫。锦鸡那么美丽那么热爱光明,我们却因为它的美丽和它对光明的热爱而毁灭了它,想起来真卑鄙呀。我说,我们回吧。我打开了手电,美丽的锦鸡在橘黄的灯光下显得那样妖娆。于是,我回头看看她,她也仰着楚楚可人的面孔看着我:"我漂亮吗?""漂亮。""你不想给我说一句什么吗?"

望着美丽的她,我说:"我穷。"

"穷我们可以挣。"

我知道迷人的灯光亮起来了,猎人手中的枪就会响了,我跌进了她的陷阱。

很快,我发现那真是一个陷阱,那是一个爱的陷阱。虽然我没有成为一盘美味,但我心灵上的创伤永远难以愈合。虽然心灵的伤口没有愈合,可我还是记住了她。如果再有一个女孩说出她说过的话语,我仍然会像黑夜中的锦鸡见到了迷人的灯光一样,纵然紧接着就是枪子儿,还有陷阱,我都会静静地等待着这一切的降临。有谁能够拒绝美丽的爱情呢?

脚底的温暖
第一辑

第三辑

自信的生活

　　大多数孩子出生的时候,迎接他的一定是母亲喜悦的笑脸,而我见到的却是母亲满脸的泪水。母亲日后说,她之所以以泪洗面,她是担心我以后的生活。

回家过年

　　无论民间或是学者对年有着什么样的解释，我总觉得年是和家联系在一起的，特别是和老家联系在一起的。不是吗，每逢过年的时候，分居四方的儿女总是不远千里回到拥有父母的那个大家老家。虽然自己在城里的小家是那么华美和舒适，虽然老家的那个家是那么贫穷或是寒酸，虽然老家那个家是那么遥远，可是年来了，他们还是选择了回家。家里有什么呢？一个朋友告诉我，家里有亲情，一种我们永远不能忘记永远不能割舍的父子母子亲情。

　　我的这个朋友在南国的春城，他在那里有着令人羡慕的事业，自然也有舒适的小家，有别人羡慕的别墅，可以这么说，他在那里想什么就可以有什么。可是一到过年的时候，他还是携妻拽子坐飞机，转火车，然后冒着寒风又改坐充满惊险的"飞毛腿"农用车，再走两里山路，回到朝思暮想的老家。那个家里虽然没有电视，没有席梦思，没有空调，甚至也不能洗澡，可那个家里充满了亲情和温暖，那个家里充满笑声和快乐，就连出生在城市的妻儿也有几分乐不思蜀的幸福。

　　有人说，这个世界上再没有比这种亲情更真实更持久的感情了。爱情面对诱惑可能背叛，友情面对利益也许会破裂，可这种感情比铁还硬比钢还强。即使有时也因为某种矛盾而闹得很不愉快，甚至反目，可内心深处谁也不能忘记谁,谁都挂念着对方,谁都想念着对方,谁都盼望着有一个和解的机会,正如俗话中所说的那样"打断了骨头还连着筋"。因此,一到腊月,熟悉的人见面了总是一句话——"过年是在城里还是在老家",回答也只有一句话——"当然是回老家陪老人过年。"因此,天寒地冻的腊月,无论是汽车站,还是火车站,无论是机场,还是码头,到处都是回家的游子。他们也许装满了腰包,他们也许一贫如洗,他们的心情都是一样的,赶路赶车都是为了回家。他们知道,父母思念的目光早已飞出了家门,飞出了村口,迎在他们回家的路上。

回家的感觉真的很幸福,有家不能回也真的很遗憾,可是真正痛苦的是无家可归。家是什么? 又一个朋友告诉我,家是一所房子,房子里有生我养我的父母,家里有我们的兄弟姐妹,家里有我们的妻子儿女,家里有着千丝万缕的思念,家里有浓得化不开的亲情友情。这个朋友是一个独身主义者,可是一旦到了过年,他的思想就会遭受一次重创。因为他父亲去世了,他母亲也离开了他,老家的兄弟姐妹虽然也一遍遍地呼唤着他,可那种感觉绝对没有和父母一起过年时那么真切,那么随意。想起父母健在时他常常不愿回家的愚蠢行为,他对酒常叹后悔莫及。

人的愚蠢就是常常后悔,与其事后悔,还不如我们趁早打点行装回家过年。家里有父母的期盼,家里有兄弟姐妹的牵挂,家里有浓浓的春意,家里有亲情织就的温暖。

兄弟,年关又至,赶快回家过年。

关于拍马

　　我自以为我最不屑于做的事情就是拍马，可我最早学会的本领就是拍马。更早的事情已记不得了，可记得上一年级的时候，语文老师讲的一个故事。故事说一个书生中了进士后被派到外地做官，临行前他去拜别老师。老师问他，上任前你都做了哪些准备？书生说啥都没有准备，就是准备了一百顶"高帽子"。老师听了，生气地说，你怎么能这样呢？那书生说，不这样不行呀。您看现在到处都是拍马溜须之徒，人人都喜欢"高帽子"，哪有几个像老师这样正直的人呢？老师听了，长叹一声，说，世风日下，你也只有如此了。书生听了老师的话，出门遗憾地说，一百顶"高帽子"只有九十九顶了。那时我还真的不知道什么是"高帽子"，为什么一百顶帽子眨眼只有九十九顶了，更不用说故事的意思了。可当老师问我们她讲的故事好不好听的时候，我们使劲儿拍着小手，可劲儿大声喊："好听。"

　　后来，我终于明白了这个故事的意思，我也明白我早已学会了拍马。明白了自己会拍马，就觉得自己很下作，遂决定再不去拍谁的"马屁"了。这时已由不得自己了，我发觉很多的时候我不拍不行。侄儿好哭不听话，我得说他长得好生得乖；父母的口袋很紧，我得说着好话哄他们高兴；领导的讲话写得不好，我会说他站得高望得远别有洞天；女孩生得一般，我得说她貌似天仙让人心动不已。

究其原因，大概是应了一句俗话——"高帽子人人都喜欢"，谁都喜欢听好听的话。皇上喜欢称他是"一代明君"，大臣喜欢人说他是"忠臣干吏"，行运的人喜欢人说"步步高升"，不顺的喜欢人说"韬光养晦"，邻居家两岁的小女孩喜欢你说她生得"漂亮"，天安门城楼上听得最多的也是"万岁"。人人都希望别人关注自己，理解自己，支持自己，鼓励自己，这是人性的弱点。人有了这个弱点，拍马屁就有了极大的市场，你拍我，我拍你，人人都在拍。不过，人们在拍着别人的"马屁"时，最喜欢的还是等他人拍自己的"马屁"。

拍马屁时觉得自己很下作，可享受"拍马屁"绝对是很惬意的事情。我自己就有这样的感受。我是喜欢写一点小文章的，我也知道自己的文章有盐没油没神没采，可每逢有说我的文章怎么好看时，我嘴里虽然不住地客气，可心里的感觉就像握着美人的手，感觉美得没法说。有了这份感觉，我就不再觉得拍马是一件下作的事情，我认为拍马其实是礼品，是安慰，也是人际关系的润滑剂。试想，如果你没钱，又没权，妻子又长得不漂亮不活套的话，你再不会拍马你将如何得了？也许有人会说，拍马的时候有时马也会甩蹄子踢人，也有因为拍马而丢了小命，那绝不是他怨你不该拍，而是你不得其法，拍得不得要领。早就有人说过没有人拒绝拍马，而是拒绝拍马的方式。

当然，拍马屁是有目的的，没有人会对着一堆石头说一些阿谀奉承的话。想当初，为老师拍手是为讨得老师的喜欢，说侄儿生得乖长得好是为了他听话不吵闹，讨父母高兴是为了掏他们的口袋，拍领导的屁股是为了不穿小鞋而求得进身的机会，赞美女孩漂亮是为了讨得女孩的欢心。想当初一个赞美我的乡土小说有沈从文遗韵的文友是为了让我给他写一篇拍马屁的文章。此所谓拍马是为了骑马。因此，当我们享受拍马的幸福时，千万要注意不要让他骑在你的身子上，更不要让他把你骑到市场去卖了你还帮着他数钱，到那时你可就惨了。

活着就写

　　前几天的一个晚上,我接到朋友的一个电话。电话接通后,朋友说:"你还活着。"我一愣神,连忙说:"我还活着。"朋友说:"活着怎么不写文章?我还以为你怎么了。"

　　我没有怎么了,我也不能怎么了,不过我确实有一段时间没有写文章了。自去年冬天开始到现在,大约只写过三篇文章,三篇文章的手稿都存放在抽屉,一直未曾他投。熟知的朋友见了面总要问一问:"最近写了啥?"我总是搪塞一句:"忙。"忙不过是一种借口,实际上是懒。懒得怕动了,身体就一日日地发福了;懒得怕想了,笔也就一日日枯涩了。于是,人胖了,文章就少见了。倒是朋友的关心一天天多起来,多起来的关心就问:恋爱了?抑或遇上什么好事见异思迁了?

　　恋爱是没有的,好事也没有轮上自己,不过见过的好事的确多了起来。比如说做官,比如说经商,比如赌博,哪一样都比写文章潇洒自如。现在的生活五彩斑斓,每一件新鲜的和不新鲜的事情都在勾引着我的目光,摧毁着我的意志。毫不避讳地说,我也像许许多多的男人一样常常思谋着如何得个一官半职,我也和许许多多的朋友一样希望能纵横商场挥金如土。可是,做官吧,我缺少提携的机遇;经商吧,我又没有那份才能。因此,宝贵的时间就在徘徊中走过,优美的构思也随着无限的遐想而流逝,回头是西瓜远去了，芝麻也丢了，留下的是一声声叹息。

私下里我也想，人的一生免不了叹息。但人的一生不能总是叹息，特别是不能在叹息中走过，造成叹息的原因也许很多，主要的还是自己面对各种诱惑的选择，人常说"树挪死，人挪活"，也有人说"走一处不如守一处"，每一句话似乎都是真理，每一句也都在等待我们去选择。那么，面对众多的诱惑，我们选择什么呢？我们只能选择我们自己最喜爱和自己最需要的。就像爱因斯坦在"科学"与"总统"之间选择了"科学"，温莎公爵也就是乔治二世在"王位"与"爱情"之间选择了"爱情"一样，他们都选择了自己所需求的东西。因此，他们至死都不会叹息自己的选择。

当然，人生之中总不尽是"种瓜得瓜，种豆得豆"，有时也可能是"种瓜得豆"，有时也可能是"种豆得瓜"。无论是收什么，但终究是要种。就像在诱惑面前，我们必须学会坚守。学会坚守，才不至于失去自我。因此，在我们面临选择的时候，有些东西是至死都不能丢的，那是我们赖以生存的根本。譬如善良，譬如顽强，也应该包括一些技能和喜好。

那么，作为我自己应该坚持什么呢？除了做人的一些美德，我最根本的就是写作。回顾我过去的路，写作虽然不是我赖以生存的手段，可写作却给予我现在拥有的一切。因为写作，我由一名代理教师成为乡镇文化站干部；因为写作，我由乡镇文化站干部成为文化馆一名创作干部而被人称为"作家"。在以后的生活中，我知道我成为大作家，也许我会捡一顶比尖还小的官帽哄哄别人的眼睛遮遮自己的颜面，也许我会因两元钱的彩票成为百万富翁，也许会梦得高超赌技潇洒地出入赌场，但我最亲近的朋友和关心我的读者，最希望看到的还是我的文章。只有读了我的文章，他们才明白我还活着；只有读我的文章，他们才想起我的过去。我想，在我们面对各种诱惑，面临众多选择的时候，我们必须学会坚守我们赖以生存的根本。这个根本不仅仅是一种高尚的品质和人性的美德，这个根本也包括我们的喜好和技能。

因此，只要活着，我就会去写；只要还写着，就说明我还活着。

病房里的幸福

　　也许是睡眠不好，也许是劳累，抑或是其他原因，龙年八月三十一日的夜晚，颈椎病又犯了，我不得不再次住进了医院。

　　颈椎已经是老毛病了，开始时是经常落枕，后来就出现疼痛和发晕，到了去年十月中旬出现眼睛发黑、恶心呕吐、天旋地转的现象，平生第一次住进医院，输了十多天的液。虽然医院的条件很好，虽然医生治好了我的病，虽然我在医院也收获着朋友的关爱和亲人的照顾，我还是不喜欢医院，不喜欢医院那种特殊的氛围，不喜欢医生护士忙碌的景象，更不喜欢看见病人苦巴巴的脸和家属强作的笑颜……

　　不喜欢我也必须住进医院，生活不会因为我的喜好而改变自己的轨迹。比如说，我一个夏天都忙着装修房了，九月一口是我应该搬回家里的口了，而颈椎病却不等待一天或者半天，生生是让我不得不前一天住进了医院。我只好打电话找了几个工人，让我的家具先行回家，我自己却躺在医院的病床，品尝着在波浪中翻滚的滋味。

　　好在有了去年的教训，这次发病我及时住进医院治疗，输了两天的液，病情就好多了，只要不过多行走，头脑一直是清醒的。躺在床上想，去年是呼吸道感染引发的，今年是什么诱发了老毛病呢？是劳累吗？酷热的夏天一直忙于装修，而且很不顺利。又住在单位的资料室，热得像是桑拿房。还有呢,心里为某些事很纠结,苦不堪言,睡眠不足。而工作呢,又集中一起没完没了,真的是很烦,也很累。或许这样,抑或是那样,反正就住进了医院。

医院真的不是好人住的地方,来的都是有病之人。临床的病人原来是脊髓炎,治疗时病灶转移而成为肺炎,而后肺部感染,已经在医院待了三个月。肺部感染,痰就很多,呼吸也很困难,随时都有窒息的危险。病人说,她都出现了几次意外了,幸亏自己的丈夫悉心照料和医生及时处理。因为痰多,又不能自己处理,医生只好在她喉部切开一个口子、装一截管子,及时用吸痰器进行处理。尽管如此,她的喉咙依然一直呼喽呼喽响,那份痛苦别人难以想象。这时,她的丈夫陈师就会细心地清除拥堵的痰,保持呼吸的畅通。呼吸畅通了,她会美美呼吸几口,然后轻松地一笑,然后是一脸的无奈。

还有一位病人很年轻,三十不到吧,头痛头晕,恶心呕吐。医生怀疑是脑炎,又怀疑是中枢神经炎,病因始终不清。自己非常难受,常常大声呼唤身怀挺着便便大腹有孕的妻子,他妻子也显得很是辛苦。虽然在医院输了几天的液了,病情依然不见好转,医生就建议转院,他妻子又忙着收拾东西陪他去西安,何时才得康复呢?

年轻人走后,又来了一位老人。老人有七十多了吧,有胃病,头也昏,到乡镇医院检查,医生说老人的血压高得没有办法测量了,让她赶快上县城医院住院。老人头晕,却很健谈,说她的儿孙,她地里的庄稼,操心她的猪,很少说自己的病。她说她只想买一些药物回家,她不想在医院里花冤枉钱。有时,老人还和陪护的儿子儿媳因为过多花钱发生争吵。这时,我感受到老人的爽朗和坚强里,隐藏着一种莫名的痛苦。

在我们的病房里,也发生过死亡。

我的情况越来越好,上午在医院打完针,下午可以回家收拾我那没有完工的事情。当我忙完家里的事情回到病房时,病房发生了很大的变化,那个老人已经离开。问及临床陪护的陈师,陈师说老人提前出院了。老人出院后,又住进了一个八十多岁的被毒蜂蜇了的老婆婆。毒蜂蜇得太多,老婆婆住进来不到两个小时就去了。

自信的生活
第二辑

看看老人离去后空空的病床,我心里生出了许多的感慨。想象着未曾谋面的老人,我们这些活着的病人真是幸运之人。病房里不仅经历着痛苦,也收获着幸福。用临床病人的话说,得了一场大病,她感觉到丈夫对自己的好;那年轻的病友颐指气使地指挥大腹便便的妻子,品尝的是相濡以沫的情谊;老人和儿子儿媳的争吵,享受的是人人期盼的天伦之乐。回想我自己,在那短短的几天里,收获了很多朋友亲人的关爱。其实这一切,都是我们苦苦寻觅的幸福。

这时,我想起电影《非诚勿扰 2》里面秦奋试婚时购买轮椅的场面,我理解了秦奋的做法,婚姻和责任是一致。痛苦和幸福是生活的正反面,在我们经历痛苦的时候,幸福其实就在它的背面。

结缘小小说

回忆自己少年时代的梦想,我从来没有想过要写小说,更不用说是小小说。最大的希望似乎是做个地理学家或是探险家,或者像罗伯特·凯金一样身背旅行包、手握相机,行走在天地之间,领略大自然那说不清道不尽的韵致。然而,由于命运所迫,我不得不放弃少年时代的梦想,回到家乡一个非常闭塞的小山村里做了一名代课教师。

因为生活的单调,我渐渐热爱上了读书,常常被书里虚构的故事感动得泪眼迷离。就这样读得多了,心里就有许多的话需要倾诉,也想把自己对生活的向往、爱情的渴望记录下来,讲述给别人,如毕淑敏所说:"因为我要说,所以我要写。"可我迟迟不敢动笔。直到1991年初夏,我听说了一个美丽爱情故事宣告结束的时候,我终于写出了我的第一篇小小说《女人》,把她寄给了《百花园》,金秋九月,《百花园》杂志刊发了她。自此我踏上文学之路,与小小说结下了不解之缘。《女人》的发表,使我觉得自己很聪明,立马又写了许多自以为是小小说的东西四处投寄,结局可想而知。这时候我觉得到文学之路是何其难,小小说是多么难以经营。正当我感到十分渺茫和失望之际,1992年第九期《百花园》又刊发了我的第二篇小小说《揭不开的红盖头》,我犹如濒临死亡的心脏病患者又被打了一针强心剂一样,对小小说充满了信心和希望,我又写下《永远的隔壁》、《放牛的三爷》等一些小小说,相继发表或被《小小说选刊》转载。随着这些小小说的发表和转载,我的生活境遇也发生了很大的变化,我由一个乡村小学的代课教师成了乡(镇)文化站干部,继而成为县文化馆的文学干部,继而被人称之为作家。这是我当初写小小说时没有预料到的,也是许多人没料想到的,这在许多人的眼里也许是微不足道的,但这对于一个农民的儿子,也仍然是一个农民户口的我来说,我深感十分的荣幸和自豪。因此,也常常想用自己的秃笔写出更多更好的小小说,以回报带给我好运的小小说。

无疑,我是一个懒散的人,我把有限的时间浪费在了一些无谓的娱乐和交往之中,我的小小说写得很少。但我在我很少的小小说之中,我总想把自己的小小说写得很美。我喜欢作品中那种对美的追求、对爱的执着、对善良的礼赞。生活中固然充满了真的、善的、美的事物,但我们记忆最深刻的多半是假的、丑的、恶的东西。作家固然要去揭露那些假丑恶净化社会,作家也更需要营造一个真善美的世界陶冶人的性情。鲁迅无疑是伟大的,可我更喜欢沈从文。现实生活中经见了太多的战乱、屠杀、眼泪、绝望,但我们的精神生活更需要湘西那方没有血腥又充满温情的一方净土。于是,我在自己的小小说创作中总是有意无意地描写人们对美、对爱、对善良的追求,或悲或喜,它们终究是我们生活永远追求也永远需要的东西。我知道自己写

得还很不好,但我相信将来会写得比现在好,也许会更好,因为我和小小说已经结下不解之缘。

俺的第一枝红玫瑰

　　很早的时候,俺就知红玫瑰的意义,很早的时候俺就想送一枝红玫瑰给心仪的女子。可惜,俺们那个偏僻乡村没有红玫瑰,有的只是和玫瑰很近的亲戚——月季。幸好那时候也没有相爱的女子,相悦的女孩来了,一束月季也是一脸灿烂一脸欢欣。尽管如此,俺心里仍然暗暗地期盼着,能拥有一片生长玫瑰的土地。俺想,如若喜爱的女孩来了,拿什么表达俺的爱呢?

　　喜爱的女孩来了,俺已离开了老家的土地,来到了一个古镇。古镇有着悠久的历史,有着许多悱恻迷离的爱情故事。在这里,俺遭遇了第一次爱情,爱得热情,爱得沉醉,就很想很想送给她一枝红红的红玫瑰。遗憾的是小镇没有花店,也没有卖花的小孩,眼见红红的玫瑰从他家的墙头斜出,俺却无可奈何,只有眼巴巴地看着女子握着别人的玫瑰款款地离去。

　　后来,终于到了一个充满玫瑰、诞生爱情、也有许多光怪陆离生活的小城。这时,俺发现玫瑰已经失色,不像自己想象那样圣洁而纯美,那里的玫瑰上沾满了功利,充满了风尘,也记录着游戏,还有许许多多说不清道不明的东西。俺对玫瑰就有了隔膜。因此,面对心仪的女孩那希望的目光,俺置若罔闻;与女友牵手在古城璀璨的大街上遇上卖玫瑰的女孩,她轻轻的一声"算了吧",俺就打消购买的欲望。也许是缘吧,缘来缘去,以至于年逾不惑,俺仍然没有送出俺的第一枝红玫瑰。俺想，也许俺永远也不会给谁送红玫瑰了。

也许真的是缘。就像春天来了花儿会开一样，繁忙的时间却有了一次出差西安的时机，也就在那个繁忙又短暂的时间里，有缘见到了神往已久的蓝岸的朋友：美丽聪慧的明月，活泼又善解人意的南南，温顺宁静的卓玛，儒雅内秀的阿小眉，甜美温柔的清水，洒脱热情的水木，威猛豪放地飞了，成熟干练的娇子。一行人漫步春天西安的街头，也就洒下一街两行的笑语，也招来一街两行惊羡的目光。就在这时，那个卖玫瑰的女孩就来了，认准了俺似的，一定送俺一枝玫瑰。接受了（买）这枝不期而至的玫瑰，俺又该送给谁呢？美丽的明月，活泼的南南，宁静的卓玛，内秀的阿小眉，温柔的清水？转眼一想还是送给明月吧。因为送给明月，就是送给蓝岸；因为有了蓝岸，俺们才有这次相聚的理由。

俺的第一枝红玫瑰就这样不期而至的来了，又这样幸福地送了出去。俺把她送给了明月，也就是送给了蓝岸。俺的第一枝玫瑰虽然不代表爱情，可是却代表了俺们纯粹又唯美的友情和一往情深的眷恋。

自信的生活

大多数孩子出生的时候，迎接他的一定是母亲喜悦的笑脸，而我见到的却是母亲满脸的泪水。母亲日后说，她之所以以泪洗面，是担心我以后的生活。那时，就连一个健全人都难以生存，何况我是一个缺少一只胳膊的残疾

人。父亲甚至动了把我送人的心事，可他终究是不忍心，还是把我留在了他们身边。

留在身边，就留下了无尽的担忧，也留下了我自信的基因。我无忧无虑地成长，父母的忧虑却一天天的增加。他们整天考虑的是，我长大了能够做什么。田里的活儿都是手上的活儿，我自然是不行的。在当时的年代，当干部，做医生，当老师，就连队里的会计，父母想都不敢想。因为父亲戴着现行反革命的帽子，母亲是地主分子，这些事情根本就不可能轮到我们这样的家庭。父母分析了很久，觉得我可以放牛。母亲杀了生蛋的母鸡，父亲把队长请到家里，又满腹忧愁地把他们的设想告诉队长时。吃饱喝足了队长抹抹油润润的嘴巴，说我们家成分太高了，害怕我们家会把队里的牛毒死。父母没有想到队长会这么说，父母更没有想到他们想让我放牛的消息传出后，还激发了队里饲养员对他们的仇恨，加大了对他们的批评力度。

父亲告诉我这件事情后，我自信"天生我材必有用"，我一边加紧了学习，我一边努力地劳动。我不但学习不比别的孩子逊色，我也很努力地劳动，上山砍柴、下地拔草，我想方设法弥补自身缺陷带来的不便，我的努力得到别人的认可，在参加集体劳动时拿着和其他孩子一样的工分。这样，我虽然身有残疾，可是在我的生活圈子里，我享有和健全人一样的待遇和权利。随后，改革开放了，我的父母戴了多少年的帽子被摘了，我有机会参加高考，我也有当上干部、做医生、当老师的可能。我拼命地努力学习，我自信靠自身的努力，能完全解除父母心头的忧虑。

可是，父母的忧虑依然存在，而这种忧虑是来自一个歧视性的政策。记得那是在我满怀信心参加高考的前夜，我的老师拿来了高考体检要求，我至今依然记得赫然有一条——"身体有显著缺陷和畸形者不录取"。看着那白纸黑字的歧视性的条件，我泪水长流，然后满怀激愤悄然离去。回到家，父母也不知道如何安慰我，又开始了新的奔走。父亲希望我学一门手艺，母亲希望我学中医，我的一个伯父希望我跟他学着架罗盘看风水。这些事情也许都能够让我很好地生活，可我自信我可在平等的条件下得到社会的认可。后来，一个初级小学需要一名代课教师,我以第一名的成绩平等地得到了这个机会。

山村初级小学太寂寞也太清苦,我又不想一辈子幽居山村一辈子。父母知道我的心事,他们省吃俭用给我买来了收音机让我学习英语,订阅报刊让我学习写作。为了让我去听文学讲座,母亲还到信用社借贷。由于自己的努力,我又调到比较大的完全小学任教,后来还担任了教导主任。这时,父母又有了新的忧虑,我该成家了。父亲把自己一个朋友的女儿收为干女儿,意欲把她培养成为我的对象。在此举失败后,父母又是忧虑满腹,可我已经满怀信心的开始对一个优秀的女孩子发动了进攻。恋爱虽然以失败告终,可我接着开始了新的恋爱。

恋爱谈得如火如荼,工作又有了进步,领导暗示我可能得到新的重用。可这时,教育局来了新的精神,要求清理代课教师。我不知道为什么会是这样,我背着一大包荣誉证书急忙去寻找领导,领导很惋惜说爱莫能助;我家还动用我们家所有的社会关系,依然没有办法。那时候县上已经成立残联,残联也无能为力,因为清理代课教师是涉及面广的一项政策,不是针对残疾人的个性或者歧视性政策。所有的路子都不通,父亲又希望我学一门手艺,母亲继续希望我学中医,我的一个伯父又让我跟他学着架罗盘看风水。我依然不甘心,我依然自信我能够在平等的条件下得到社会的认可。

在父母的忧虑中,我又参加了文化部门的招干考试(相当于后来的公务员考试),我以第三名的成绩入围。记得那时要招收八人,从成绩上我觉得没有问题。我又担心我的身体,我第一次觉得不自信。虽然那时候社会已经开明了很多,也初步形成保障残疾人合法权利良好氛围,招干体检则没有明确的歧视性规定。果然,在地区考核组来考察的时候,有人提出了我的残疾问题。说是身体残疾属于不健康,不能录取。因为那时我已经在全国很多报刊发表了很多文学作品,在县里又一些影响,县文化局的领导据理力争,说细则没有规定不招收残疾人。况且,他是一个文化人才,他的能力完全能够胜任文化工作。在县文化局领导的坚持下,我终于成为乡镇文化站的一名正式干部。

这次招干的成功,更加增强了我的自信心。我觉得社会虽然依旧存在对残疾人的歧视,可只要我们自己努力,只要我们有能力,我们和健全人一样,能够得到社会的认可。我自信而努力地工作,因此在我到乡文化站上班不久,乡政府就让我兼任乡政府秘书,后来很快调到区公所任文化专干,区公所撤销我又进了县文化馆成为一名创作干部,继而又担任副馆长并主持工作。后来,组织又调我到政协文史资料委员会担任副主任、主任。而且坚持业余创作,出过两本文集,被人称之为作家。虽然这些所得十分平常,可我只是胸无大志的平常人,这些平常事迹足以让我欣慰和自豪。

回顾走过的路,我走过的每一步都是社会文明进步、是党和政府对残疾人生活重视关怀的结果。毫不讳言,也是我充满自信、自强奋斗的结果。我觉得,党和政府对残疾人的关怀,是保障了我们残疾人的权利,提供了和健全人一样,甚至更多的机会,让我们共同生活在同一蓝天下的同一块土地上。如果我们残疾人要茁壮成长,还需要阳光。那么,什么是我们生命中太阳?是自信的生活态度,是自强不息的奋斗精神。只要我们充满自信地生活,自强不息地奋斗,我们残疾人的生活就会永远阳光灿烂。

回老家读书

很小的时候,我就喜欢读书。记得那时候除了红宝书,我们上学连课本都没有,哪里还有什么书呢?而在我们家,父亲戴着"反革命"的帽子,母亲戴着"地主分子"的帽子,那些至今都读不懂的红宝书是进不了我们的家门。于是,我就整天跟随着村子里几个干部子弟,把他们家里的《鸡毛信》、《地道战》、《地雷战》看了一遍又一遍。父亲看见我那么喜欢读书,就说,好好念书,将来到城里好好读书,城里有图书馆,有好多好多的图书。

可惜,进城的路很近,走得却很慢。高中毕业,由于种种原因我未能进入大学,而是回到了生我养我的小山村当了一名代课教师。那时的工资太低了,低得养不活我自己。我依然不放弃读书的爱好,千方百计寻找书籍来读。实在是没有了,就一遍一遍地阅读糊墙的报纸。好在父亲那时的身体很好,不仅养活着那已经长大的儿子,还为他的儿子订阅了《萌芽》、《青年作家》等许多的报刊,购买了很多的图书。寂寞的山村小学里,那些不多的图书丰富了我的生活,开拓了我的视野,也把我引向了神圣的文学之路。也因为读书所得,我又参加招干,成为一名乡镇干部,终于如父亲所愿进了城。这时,父亲已经去世多年,可以告慰父亲的是,我终于可以在城里读书了,因为图书馆和文化馆在一所院子里办公。

遗憾的是图书馆里并没有多少图书。过去的藏书被"文化大革命"了,贫穷的山区县勒紧裤带盖了一座图书馆,却再也没有钱去为它添置更多的书籍,空荡荡的书架上也只摆着几张报纸、几本流行的杂志。这时的工资已经涨了许多,可物价跑得更快,书更是贵得咬手,书店的书虽然丰富多彩,而买书读书对我竟然成为一种奢侈。看到牌桌上增加了许多少年的朋友,游戏厅进去了太多学生客人,有些孩子甚至学会了许多博彩的技艺,我的心里就生出许多的悲凉。

春节回老家,想平心静气地读读书。当我把自己精心搜集的图书拿出来时,大哥说:"拿书做什么呢,村子里新办的农家书屋什么书都有。"随着大哥来到"农家书屋",真的是什么书都有,古代的、近代的、外国的、中国的、文学的、科技的,琳琅满目,就连我寻觅了许久的书籍都有。大哥说,这是图书进农家活动送的图书,很丰富,很实用。大哥还说,有了图书,村子打牌赌博的少了,喝酒闹事的少了,孩子的学习好了,讲科学种地的多了,收入也增

加了。谁想到一个"农家书屋"竟给老家带来了如许的变化呢。看着这老老少少满怀欣喜读书的乡亲,沐浴老家的暖阳,我只想融入其中,圆我少年时的梦想。

佛山探佛

佛山在洛南县一个叫陈耳的地方,据说山上有座佛寺,所以那山就叫了佛山。我虽不信佛,可我对佛向来是非常敬畏的。我记得我的家乡镇子上就有一所千年佛寺,在我很小的时候父亲就严令我们不能出入。父亲说,无事不登三堂——先生的学堂、老爷的大堂、神佛的庙堂,以至于今天进了老师的课堂我依然是两腿发软,进了领导的办公室就会心慌口跳,进了神佛的庙堂看一眼威严的神像我立马逃之夭夭。不过,佛山的庙堂我是准备进去看看,我想山野的神佛一定是非常亲切和蔼的,我想向佛畅谈一下我心头的郁闷。

佛山真的是一个纯粹的山野之地,像极了我的家乡。山上是满坡架岭的树木,河里是清澈的溪水,地里奔走的是耕牛和忙碌的农人,村头是悠闲的鸡和惬意的狗,地脚边的柿子树上那秋天的天空高挂着红红的柿子。秋天的收获挂在墙上、檐下,也流淌在那一张张淳朴的笑脸上,农家的宁静和闲适就弥漫在柔柔的暖阳之中。

上山的路是在一家农户的房后,穿过一片橡树林,沿着山梁往上走。脚下是熟悉的路,也是记忆里砍柴人拉放柴火的溜槽,少年的故事如酒漫过心头,脚下就是一步一步的快乐。终究不是少年的路、不是少年时候拉放柴火的溜槽了,那里长满了草,落满了叶,怕是多年也没有人砍柴放柴了吧。路边有自然倒下的树木,真是亲切可人,如果拉回家,一定会生出一炉旺旺的火,熬一锅浓香的汤了。可惜,它依旧躺在那里,身上已长出了黑黑的木耳、白白的木灵芝,给小虫子带来了无尽的快乐。

　　山越爬越高了,山上的树木也越来越粗壮密集了。这里的树木大多是栎树,间或有黄栌、枫树以及一些藤本植物,林子的色彩就有些斑斓了。这里应该是动物的世界,地上有野羊的粪便,有小鹿的踪迹,还有野猪挖掘的沟壑。这里也应该有黑熊的,遗憾的是我们这些不速之客的到来,它们就退避三舍了,只有花喜鹊在枝头高声叫着,不知是高兴,还是厌烦,我们就在它们叽叽喳喳的声音里快速地前进。

　　道路虽然艰难,终究熬不过脚步的坚韧,我们爬上了山顶。山势陡峭,山顶却十分平缓,这里是可以修建庙堂的。真的有庙堂,是三间,还是四间,已经分不清了,因为庙堂早已坍塌了。残存的三面断墙上有人搭了一个遮阳的棚,一个很小的佛像端坐其中,堂内荒草萋萋。我不知道那是一尊什么佛,主宰着尘世间的什么事情。黯然神伤至极,向导说峰巅之上尚有两间庙。那也叫庙吗? 三方石墙,几页灰瓦,几片木板一合门。供奉的是佛? 还是神? 单看他自顾不暇的神情,自觉赧然,怎么好意思把自己心中的郁闷强加于佛的心上呢?

　　那就回头看山吧。佛山真高呀,四周河南、陕西的高山尽收眼底,群山如涛,波浪起伏,就连远处的秦岭也成为一道墙。心中的郁闷一扫而光,在镜头前禁不住做出伟人的姿势,心里竟然有了伟大的感觉。用那双自认为伟大的眼睛看那无须神佛保佑的林海,林海的色彩是那么蓬勃而富生机。遥远的秦岭应该是远山如黛了吧,山下浅山的橡树鹅黄与淡绿交织,逶迤连绵的栎树又是一片金黄灿烂。最迷人的当属是眼前佛山的彩林了,枫树的黄红、桦树的明黄、松柏的绿、黄栌和一种我不知道名字的树叶的艳红把大

面积栎树金黄渲染得绚丽夺目,让人美不可言。就连地下的落叶也是多彩的,红的,黄的,绿的,静美得不忍移步。

此时,我想起了韩国作家金河仁的一句话:"我一度认为我最喜欢的不是女人,而是植物。"我喜欢女人,我也非常喜欢植物。我喜欢植物无需神佛的保佑繁茂生长的生命力,我喜欢女人如同佛山红叶彩林一般的美丽。我想,如若来年的红叶节能牵手我喜欢的女子,行走在佛山如诗的彩林之中,那是多么快意的一件事情呀。

我的小学

这还是我的小学吗?

我没有想到我的小学会变得如此的破败不堪。

那是我的母校,可我读书的小学是另外一个地方。也就是说,这是我母校新建的一处校舍。

我没有在那里读过书,可我在那里当过九年的老师。人生有几个九年呢? 我不知道,我知道我人生最美最好的九年是在那里度过的。

那时候我很年轻,年轻的不知道忧愁。

那时候应该有很多忧愁吧。不说别的,先说工资吧,那时候只有二十八元,当月只能兑现十三元。那时候的钱虽然很值钱,十三元能干什么呢? 不说也罢,谁都能想象得出来。况且,又是毫无出路的代课教师。

可是,那时候我很快乐。

那时候我非常喜欢读书。老家的乡村没有什么书读,我就自己订阅杂志。记得我订阅的有《青年作家》、《山西文学》、《文学报》、《当代》等杂志,一年的杂志需要我两个月的工资。我一点儿都不心痛,现在想起来我都很敬佩自己。我现在一月可以拿到那时候的十年的工资,可我一年的购书款肯定连一千块钱都不到,而一千元只不过是我月工资的三分之一,我竟然心痛不已。我没有思考过为什么,我天天从书店的门前经过,几乎不进书店的大门。我发现书店的经营面积越来越少,图书馆的读者也越来越少,自费订阅杂志的人也越来越少,卖杂志的小贩也越来越少了。还记得那时候学校的老师都喜欢订杂志,有的订《家庭》、《语文报》,有的订《健与美》、《大众电影》,亦有老师订《通俗歌曲》等等,邮递员平均两天来一次,每次来都是一大包杂志和报纸,也带来我们满心的欢喜。

我是喜欢看文学杂志的。我喜欢读《青年作家》的讽刺小说,喜欢《山西文学》的乡土气息农村小说,也喜欢《当代》上那些振聋发聩之作。我也爱看《大众电影》、《健与美》里面的美人图,喜欢用破旧的风琴学习《通俗歌曲》里面的流行歌曲,也喜欢钻研"哼调知识"(《烹调知识》被一个老师读成"哼调知识")。那时条件艰苦,乡村小学没有电,常常就着煤油灯,而煤油还是定量供应,夜里也熬不了多久。最美最惬意的就是背靠北面墙角,坐在院子里的阳光下,品品那些散发着墨香的文字。如今呢,北面的墙角已经垮塌了,寒冷的北风肆意地游荡,墙角竟然寸草不生,只有记忆在我心里茂盛的成长。

我上学时,作文是写得极差的,我的英语老师曾经在课堂上善意嘲笑过我的文章。虽然像那个时代的青年一样我喜欢着文学,我一直没有动过笔。后来,看得多了,我报名参加了文学函授班,也终于开始自己的业余写作之路。起初写些什么,已经不怎么清楚了。记得第一次投稿是寄给《青年作家》的,当时的那份激动与慌张比我第一次和女孩子接吻都要紧张。记得把稿子发走了,我才想起来把"青年作家"写成了"青作家"。好在那时候所有

自信的生活

第二辑

的人都很负责,邮递员负责地把稿子送到了杂志社,编辑负责的改正了错别字还写了热情洋溢的退稿信,邮递员又负责地送回到我手里。手捧热情洋溢的退稿信,我更加坚定了自己的志向。后来呢,我在一个内刊发了一篇小东西;再后来,处女作《女人》正式发表并获奖,在我的小学里慢慢走上自己的文学之路。

那时候,我也喜欢我的工作。我在一个初级小学教书时,我的能力很差,学生成绩每次评比都是最后,没少挨领导的批评。我到了我的小学后,我的能力忽然就好了。我知道我用了心思,我喜欢钻研,我虚心请教,我也故作威严,班级的纪律很好,学生的成绩也很好。那时候教师节才设立,很多媒体都报道名人尊师重教的故事。那时候我一直想做一个名作家,想成为中国第一个获得诺贝尔文学奖的作家。可我也想我的学生中也出现几个名人,自己也成为名人的老师。

那些孩子很聪明,很会揣摩我的心事,互相较着劲儿认真学习。可那时学习条件太差了,最大的问题是没有课外书籍阅读,怎么提高学生的综合能力真是很不容易。怎么办呢,我们就利用课余时间搞勤工俭学,带孩子砍过柴,拾栗子,挖药材,想法子挣钱。挣来的钱用来订报纸,订杂志,发动学生四处收集图书建起了图书角。还带领孩子走出山沟,去参观学习。

只要努力,总是有收获的。学生们的能力越来越高,成绩也越来越好,无论是平时考试还是升学考试,成绩总是名列前茅,自己也经常被评为什么先进教师、优质课教师,脸上心里总是一片阳光灿烂。遗憾的是,那些学生到了中学,或者这样或者那样的原因,不是成绩下降,就是辍学回家,结果上中专或者大学的孩子都是寥寥无几,更不用说成为名人了。我心里尽管遗憾,工资依旧很低,前途还是渺茫,工作却依然是激情飞扬。

那时的课余生活好像也很快乐。那时年轻,喜欢喝酒。那时候很穷,什么酒都喝。一块钱的玉米曲酒,两块钱秦洋酒,三块钱秦川酒算是好酒了,再有两个菜就算是盛宴了。而我们常常就一斤饼干或者几根黄瓜,喝着八毛钱一斤、飘着一股敌敌畏气息的快曲苞谷酒,喝得香得不得了。喝酒的期间,我们又编排了几套酒令,有的吉祥如意,有的诙谐幽默,真的是开心无比呀。如今呢,我已经把酒都戒了,生活的快乐都不知道用什么来庆贺。

那时候,我也喜欢照相,学校有一个海鸥牌120的照相机,我经常背着到处拍照片。工资似乎涨了一些,但永远跟不上物价的涨幅,也永远是公办老师的三分之一、也是学校最低的工资,我却用节省的钱购买胶卷。冲洗的费用太高,我自己动手做了一个曝光箱,又购买显影粉、定影粉、相纸,自己曝光胶片,自己冲洗照片。回头翻检那时候的照片,仍是很欣赏自己的手艺。而现在呢,有了不错的数码相机,有了网络可以随处显示自己的技艺了,也有了不错机会和条件去采风拍照,却总是让相机躺在家里睡大觉。

最喜欢的还是打猎吧。周末的时候,跟着猎人打野鹿,打野兔,夜晚打果子狸。我曾经写过《秋猎》、《打锦鸡》记录我的狩猎生活,有心的读者一定会记得我内心的那份快乐。

当然,最让人铭记不忘的是那里有我青涩的恋情。最美的初恋发生在那里,最让人动心也重要的一次感情也发生在那里。初恋是美好,美好得有些简单。最动心的感情也发生在那里,我是在那里听到了最美的情话。虽然那段情感很短暂,然而那情话依然不时照亮温暖我的心灵。可是真的太短了,短暂得让人叹息。即使多少年后我终于走出那份感情的阴霾后,我依然叹息不止。如今,我站在这个破败的院子,看着当初演绎过爱情的房子,我又想起她说过的话语,记起她的音容笑貌。可惜,她已经离开我们多年了,禁不住潸然泪下……

这真的是我的小学吗?还真的是的。

那些房子是当地老百姓自己集资修建的。记得我刚调回我的小学时,那只是一些空空的房子,我们带领学生背黄土垫教室,自己砍伐芦苇扎顶棚,窗户没有玻璃就钉上塑料纸。校园里也是一片混乱,我们铺操场,栽树木,种花草。那些房子在我们自己的手上一天天变成教室,那荒凉的院子也在我们手里成为美丽的校园。那时候的学生很多呢,最多时候有二百多人,有六个教学班,老师有十一个。一般的时候也有一百五六十个学生,六个教

学班,七八个教师。教师之间也有矛盾,可更多的依然是快乐。

当了十多年的代课老师,我离开了我喜欢的小学。虽然离开了,我依然不忘我的小学,因为我家在那里,因为我把人生最美好的时间献给了那里。因此,每年我都会回到我的小学看一看,玩一玩。我看见学校的学生一天天减少,老师也日渐减少,房子也一天天老旧,心里有难以言说的难过。后来,完全小学成为一个教学点,最终教学点也撤销了,原来三十多间房屋,有的卖给了当地的百姓,有的拆除了,如今只剩下眼前十八间破旧的房子,还有一院子的荒草和残砖断瓦,记录着过去的辉煌。我的心中依然是一片的苍凉。

站在废墟之上,回想起那时的快乐,真的感慨良多。我想,那时那么艰苦,可以说什么都没有,我凭什么快乐呢?又想到现在,好像什么都有了,却为什么不快乐呢?漫天飞舞的大雪纷纷扬扬飘落下来,落在我的身上,落在脸上,钻进热乎乎的脖颈,脑子豁然开朗,也明白了个中的缘由:世上没有不快乐的人,只有不能满足的心。

那时我虽然贫穷,可我的欲望很少;而今呢,我有太多的欲望得不到满足,他们就像一个钝了口的锯啃噬着我的灵魂,何来快乐?唯有放弃多余的贪念,简单地工作,简单地生活,自己的生活才能开心快乐。

可是,我做得到吗?我不知道。我知道做到了,我的生活就会轻松而快乐;做不到,我就必须承受欲望带来的折磨。

记忆里的一棵树
Ji yi li de yi Ke shu

第四辑

火红的跑车

望着山道上已消失了的火红的跑车,心里除了一份对小文的感激之外,我觉得自己真是太聪明太聪明了,聪明得宛如捞月亮的猴子。

收音机

　　春节回老家,当兵复员的侄子送了我一个收音机。军绿色,有二十厘米长、十厘米高,并且不用电池,可以用太阳能充电,亦可以用手柄自行发电。不仅具备收音机的所有功能,也可以用它给手机充电,夜间无灯无光的时候,还可以用做照明。爱不释手握在掌心,转动旋柄,倾听清脆的电波声,思绪立马回到三十多年前。

　　那时候虽然已经是八十年代初期,在农村收音机还是大多数家庭里不可多得的一件奢侈品。记得那时候男女相亲结婚时,女方要求男方家要有"三转一响"的,"三转"是指自行车、手表、缝纫机,"一响"指的就是收音机。那时候不知道多少人为了一个收音机愁白了头发,也不知道有多少人因为收音机而闹得有情人劳燕分飞。

　　因此,谁家都以自己有一台收音机而自豪。

　　我家拥有收音机的时间很晚,我见到的第一个收音机是谁家的呢,我一直回想不起来了。可我记得我们村有一个姓陈的拖拉机手有一台收音机。那个机子是上海产的吧,外面还套了一个皮套子,有一条长长的带子可以挎在肩上。行走的时候,声音一路的"哇呜哇呜"的叫喊,喊得年轻的姑娘媳妇高兴的笑,他更是拽得不得了。还有就是学校的老师有一个收音机,老师经常跟着学习英语,老师学会了英语后就回到了城里,让人很是羡慕。还有就是大队长家有一个收音机——其实是个三用机,带供放的,可以带高音喇叭。大队长不用高音喇叭讲话了,我们就到他家去听收音机。那个机子音量大,音质清,说什么都是明明白白的,我们听得很开心。到了第二天了,我们到学校炫耀自己的收获,享受一番别人眼气的目光。

还记得一个堂兄家好像有一台收音机,满村子似乎就这么几台收音机了,别人家都买不起。还有一个是可以买收音机的,他不敢买。那个人我叫表哥,据说手里存了一千多块钱。那时候的一千块可真是个钱了,可以做很多的事情的,哪一个都羡慕他。可惜,他家"三转一响"一样都没有。买自行车吧,他说他不出门;买手表吧,他说他不认得;买缝纫机吧,他是个鳏夫没球用。那就买一个收音机听听声音吧,他坚决不买。他和我父亲年纪相当,常常来我家和我父亲拉家常,我父亲也劝他买一个收音机,以免回家太过寂寞。他叹息一声,说不敢买,因为自己没有文化,怕买了收音机误听了"敌台"而被"法办"了。那时候好像"敌台"很多,我记得我们公社每年都有因为偷听"敌台"而被"法办"了的人。说罢,他就走了,走的时候嘱咐我好好读书,不然有钱了连个收音机都不敢买。

于是,我就好好读书。我读书不仅仅是为了听听收音机,是因为我心中有着更为远大的理想。可惜,现实常常会给理想迎头一棒。高考失败,理想便也风吹雨散花落去。十七岁的我,不得不走关系到一个教学点去担任代课教师。那个教学点只有六七个学生,三个年级,寂寥孤苦的生活真是让我度日如年。这时,我就想买一个收音机。可惜,我没有工资,我的工资待遇仅仅是一年三百六十斤毛粮,连我自己的肚子都无法填饱,哪来半分钱让我实现自己小小的愿望。课余饭后,我就背诵糊墙的报纸上多少年前的新闻,顺着背,又反着背,就连标点也一个一个地背出来。

好在这时家里的日子好转了,父亲在忙碌完庄稼之余,也可以外出打工挣钱,家里不仅盖了新房,还有了几个余钱。因此,趁着父亲高兴的时候,我告诉父亲,想要一个收音机。父亲问,要收音机做什么?我说,好学英语,那时很多的电台都开办有英语讲座。我知道父亲有英语情结的,十多岁在西

安上学就会用英文写作文。父亲答应了,说是我堂姐出嫁时他要到西安,他会给我买一个收音机回来。

父亲回来了,父亲真的给我买了一个收音机。机子的牌子我记不得了,我记得机子的下部分是白色的,像那时候流行的白色的确良一样,也像雨后的白云一般;上面是绿色,嫩绿的,像顶花带露的黄瓜一般翠绿莹莹。特别是那声音,响亮,清脆,没有一点儿杂音。我每天进出的时候,都带着它,任由它"鸣里哇啦"地叫唤;夜里睡觉,我绝对是和它同枕而眠。如果有谁家结婚要用我的收音机,我一定亲自操纵开关,夜晚它必须和我一起回家相伴而眠。

那时候收音机的节目很丰富。我喜欢中央台的新闻联播,喜欢听"小喇叭",喜欢听秦腔,最喜欢听的还是"文学欣赏"和"文学芳草地"。我半夜三更也偷听敌台,听过"美国之音"的胡话,听过台湾的"自由中国之声"里"蒋经国先生"一般的话语,还偷听过"莫斯科人民广播电台"的节目。偷听敌台真是兴奋和刺激,就像保守的女人偷了情,惊喜满怀却无人可以诉说。更喜欢就是听音乐,跟着每周一歌学习唱歌。那时学习的歌有《妈妈的吻》、《军港之夜》、《小草》等等,到现在我也常常在歌厅卡拉OK一番,博得几声掌声。

收音机赶走了我的寂寞,给我带来的快乐至今依然快乐着我的生活。然而,收音机一直没有起到让我学习英语的目的。起初是想学习的,也曾经跟着学习了二十六个字母,后来我移情别恋了,皈依到缪斯门下,成为一个文学青年,走上业余创作之路。好在父亲待人宽厚,他不求我一定学习英语,他唯愿他的儿子生活快乐。

后来呢,我离开老家到别处工作。随着录音机、电视的普及,收音机彻底地走出了我的生活。我不知道它现在是在我老家的房子里,还是被遗弃了,但它带给我的快乐一直在我心头,而且至今还快乐着我的生活。

回归

　　那是高三的第一学期,当高大威猛、一脸阳光的马明踏进我们的教室,女生眼睛一下子就亮了起来。哪里来的这么帅气的男孩呢?而且成绩也是那么出色,谁见了他都想和他说说话套套近乎。可惜,不是每个女生都有那么好的机会。

　　而我是机会最好的女生。

　　马明和我住在一个小区,我们每天上学放学都在一起。我们那个小区离学校很远,我最害怕的就是那条没有尽头的马路。自从马明来后,我们发觉那条路变得很短很短了,还没说上几句话,不是到了学校,就是回了家,弄得人心里总是弥漫着一丝淡淡的幸福和淡淡的遗憾。于是,在学校的时候,我急切地等待着放学;回到家里,我又热切地盼望着上学,期冀着和马明有更多的时间能够待在一起。

　　一起待得久了,班上就有了许多飞短流长,说是我和马明谈恋爱了。恋了吗?我仔细地回忆,没有的,我们只是彼此的欣赏。我想,如果说马明愿意,我当然是不会拒绝的。谁能够拒绝呢?因此,面对别人的猜疑,我不解释,我相信大家迟早会明白的。

　　面对我的沉默,大家更加坚定了他们的判断,硬说是我和马明谈恋爱了,就连我的几个死党也不相信。面对她们的质问,我一遍一遍地否认,她

火红的跑车
第四辑

们仍然不相信。末了,她们下了通牒,让我上学放学不要和马明一起。那么长的街道,怎么可能又怎么忍心呢? 每天早上我还是和马明一起上学,下午放学了我们又一起回家。一路上我们开开心心说说笑笑,我要用开心和欢笑气死那一双双妒忌的眼睛。

直到有一天,老师把我叫到办公室谈话,问我和马明是不是早恋了。我才知道了问题严重了,我极力地否认。老师说,连你的那几个死党都承认了,你还能否认吗? 我没有想到她们会是那样,竟然在我的背后打小报告。我最恨打小报告的人了,我想,她们既然无情,我就做到无义,只要有马明陪伴,我依然会很开心快乐。说不定我和马明还真能演绎一曲校园恋曲,岂不气杀她们。

可是,马明也不理我了,每天上学他总是提前出发,放学的时候他又飞奔而去。我知道老师也批评了他,我想他只不过是在同学面前做做样子,过几天就会好的。谁知道过了几天,他竟然在班上散布谣言说我纠缠他,他坚决地拒绝了。我没有想到他竟然是这样的人。既然这样,也就没有留恋的必要了。我和几个死党的隔阂没有了,我就回归朋友圈吧。

我被孤立了。我发现朋友圈我也进不去,看见死党她们说说笑笑,我一脸笑意走近她们,她们立即分散而去。失去了朋友,我就结交新朋友吧,我发现班级里谁也不愿意搭理我。后来,没有人和我同桌,没有人和我一起做值日,甚至没有人和说话。班主任开始批评我不团结同学,后来连批评我也不屑一顾了,我孤零零地坐在教室最后一张孤零零的桌子后面。

我被彻底孤立了。这时,我发现这一切都是我的死党操纵的。她不仅孤立了我,还和马明打得火热,俨然一对情侣同进同出,十分让人生气。那时,年少又孤傲的我不去解释我自己,更不屑于打小报告,我埋头学习,把时间和精力全部用到了学习上。在别人为我被孤立而沾沾自喜的时候,我的学习成绩突飞猛进,以至于老师都感到十分的怀疑。面对老师怀疑的目光,我什么也不解释,依然努力着,我相信高考过后老师就明白。

孤独的高三终于过去了,我以全市第一的成绩考入北京一所著名的大学。然后读研,读博士,二十年后我已经成为一个全国著名的专家。可是,我时刻不能忘记高三那一年孤立的生活。我也从来没有和我高中的同学有过联系,我害怕她们刻意的冷漠再次伤害了我。

二十年后,母校搞校庆,我终于见到了昔日的那些同学。看见一张张刻满皱纹和沧桑的脸,我心里五味杂陈,不知道该说些什么,只是唏嘘和感叹,不住地怀恋少年的美好。因此,当年的死党得意地对我说:"你应该感谢我,不是我,你怎么能有现在呢?"我说:"不,我宁愿不要现在的一切,我也不愿意体味孤独的滋味。"

说罢,我哭了,滚烫的泪水流过心头,心头是一片怆然。

胸怀

先生愉快地接受了美军司令部交给他的任务——在地图上标出日军占领区需要保护的古城、古镇以及重要的建筑文物。先生知道,盟军将要反攻日本了。先生期待得太久了,想象着盟军的飞机轰炸日本本土那激越的场面,先生长长地吁了一口气。他的心还是充满了快意,他甚至想起那一年在桂林的咒语。

那一年,先生和夫人在桂林躲避战火,可是日军的飞机仍然不给他们片刻安宁,一天几次的轰炸这个美丽的城市,轰炸这些善良的民众。一次,当先生看见日军的战机又抛下一串串的炸弹后,先生指着那些耀武扬威的敌

机,气愤地说:"多行不义必自毙! 总有一天我会看见日本被炸沉! "

先生对美军不仅有国恨,也有家仇。

那一年,先生那毕业于西点军校弟弟在十九路军服役,年纪轻轻就当上了炮兵上校,前途真的不可限量呀。可是,日军发起了淞沪战争,弟弟的一腔热血洒在了黄浦江边吴淞口。是年,弟弟还未满二十五岁。噩耗传来,先生泪雨滂沱,恨自己不能亲上沙场,为弟弟报仇雪恨。

后来,妻弟也穿上了军装,成了一名飞行员。为了保卫苦难的中国,他在蓝天之上和鬼子斗智斗勇,歼敌无数,先生的心里充满了自豪。他希望弟弟驾驶着自己的飞机,赶走日军,甚至是炸沉日本。遗憾的是,1942年的某一天,刚刚出征归来的妻弟正在双流机场休息,日军的飞机又来了。弟弟迎着鬼子飞机疯狂的机枪扫射,冲向自己驾驶的战鹰,想驾驶自己的飞机赶走敌机。可是,还没有等弟弟登上飞机,又一梭子子弹飞过来,弟弟就把青春的鲜血洒在了自己的飞机上。那时,先生已经见过太多的残暴,心里充满了悲苦,眼里已没了泪水,夫人流着泪,写了一首怀念弟弟的长诗。

战争越来越艰苦,大半个中国已经沦陷,栖息着老百姓、记录着人类文明的城镇每天都面临日军飞机的轰炸,先生只好偕夫人蛰居扬子江畔一个叫李村的乡下。先生的脊椎病日益严重,每天必须依靠铁马甲来支撑自己的身体来书写《中国建筑史》。夫人患了肺病,一日日地咳嗽,一日日地消瘦,一日日不停地给他查资料,民国第一美女憔悴得让人生出几多的爱怜。可是,他们谁也没有叫过一声苦,也没有说离开这里。当美国的朋友知道他们的境遇后,来到这里,让他们离开战火到美国去。

他们说:"不,现在这个时刻,我们不能离开灾难深重的祖国? "

朋友说:"不能离开这里,日军来了怎么办呢? "

他们一笑,说:"前面就是扬子江。"

说罢,两只瘦弱的手紧握一起,平静地看着滚滚东流的扬子江。

十几年的抗战,先生没有离开过这片多难的土地。先生虽然不能驰骋疆场,可先生也一直不忘自己的责任。他们不仅研究中国的建筑,作为中国战区文物保护委员会副主任的先生,也力所能及地保护着他们能够保护的一切。

抗战快结束了,先生终于等到日本将被炸沉的那一刻。先生怀着自己的希望,在地图上勾画日军占领区需要保护的中国的古城、古镇和重要文物建筑。这时,他看见了日本的京都,还有奈良,先生竟然毫不犹豫地把京都和奈良"保护"了起来。不知道先生是否有过犹豫,是否想起日军飞机轰炸中国那些城市文物时那疯狂的举措。就连熟知他的美军司令部的官员也很疑惑。

就问:"梁思成先生,为什么会是这样?"

先生很平静,说:"从个人感情上,真的希望日本被炸沉。可是,京都和奈良不仅是日本的,也是世界的。"

后来,听说奈良有许多的军事设施必须清除时,先生看着夫人一笔笔地标出奈良的每一座必须保留的文物建筑。每画一笔都会想起一个死去的亲人,可是每一笔都是那么的认真而无误。

一支钢笔

陕南山区的一个县受灾了,有许多孩子失去了上学的机会。为了使这些孩子能够重新回到学校,电视台计划组织一次真情无限的拍卖活动。活动得到了社会各界的支持,拍卖的这一天不仅来了许多的企业家,也来了许

多的艺术界的名人,他们按要求都带来了珍贵的纪念品。有的拿的是书画作品,有的拿的是工艺品,有的是自己的奖杯,有一位作家拿的是自己用过的一支笔。由于这些琳琅满目的纪念品都是名人的,而且又是善举,竞拍非常激烈。

可是,轮到拍卖作家的那支笔的时候,场面相对沉寂了。作家虽然是一个名家,可他的笔太一般了:笔是六七十年代上海造的那种"金星"牌水笔,又黑又粗,也没有一点艺术的美感,而且笔帽已经破裂,自然引不起大家的关注。高傲的主持人见了这个场面,就轻巧地把球抛给了作家。

主持人就问他:"您这支笔看起来非常普通,这支笔的背后是不是有什么特别的故事?"作家说:"是的,它的背后确实有一个感人的故事。"主持人说:"那您能不能把这个特别的故事讲给大家听听。"作家点点头,就拄着拐杖走上前台,给我们讲了这样一个故事。

八岁那年在一次高烧过后,我的腿坏了,再也不能直立行走了。不能行走的日子,我整天就窝在我家的土炕上。好在土炕的里面是一扇窗户,窗户外面是一条小路,我就通过那扇窗户看那小路上来来往往的人。逢着上学放学的时候,我就大声地喊来往的学生陪我玩,可是他们谁也不理我。是呀,小孩子都是贪玩好动的,谁愿意和我在一起说一些没有用的话呢。我虽然明白这些,可我仍然不死心,逢着放学上学了我仍然大喊大叫。他们自然是不理我,可我的叫声却叫来了学校的田老师。

田老师是我们学校唯一的女老师,长得白皙漂亮温柔可人,又说着一口普通话,谁见了都喜欢。田老师知道我的情况后,就找到我的父母,要求父母送我去上学。父亲就说,我们家穷,掏不起学费。田老师就说,学费由她负责。父亲又说,你看他那双腿,连路都没法走,怎么去上学。田老师说,正因为他的那双腿,你才应该让他上学学知识,不然他长大了怎么生活?至于上学接送的事,由我负责,你们不必担心。面对田老师的真诚,父母再也不好固执己见。于是,田老师就背着我离开了我家寂寞的土炕,走进了我期盼已久的学校。我知道我的学习机会来之不易,又有田老师的细心辅导,我的学习成绩很好。特别是那一段寂寞的日子,我整天胡思乱想,竟然开发了我的形象思维,我的作文每次都有田老师写的大大的"甲"字,作文也常被田老师作为范文在班上朗读。也正因为如此,田老师就把那支当时非常珍贵的钢笔送给了我。

因为这支钢笔,我就有了一个理想;也因为田老师给了我的这支钢笔,我学会了怎样去面对苦难。后来,田老师离开了我们那所山村小学,我用这支笔坚持读完了小学,又读完了中学。大学虽然拒绝了我,我还是用这支笔自学完了大学的课程。后来呢,我又用这支笔写下了一百多万字的作品,我这个山村的穷孩子历经艰辛终于实现了自己的理想,成为一名作家。

主持人听了作家充满真情的叙述,擦了一下发红的眼睛,问:"这支笔对您如此重要,你怎么忍心拿来拍卖呢?"作家说:"因为,我的——老师走了。"主持人说:"哦,不过您的老师去世了,您更应该保留着这支钢笔,作为永久的纪念呀。"作家说:"是的。可是,当我听说受灾的山区有许多的孩子不能上学后,我还是决定把这支钢笔拿来了,我希望更多的人知道这个故事,我也希望更多的人能献出一份爱心。因为,你不经意的一个善举,可能改变一个孩子一生的命运。"

作家说罢,演播厅里马上热闹起来,竞叫声此彼此伏,价钱一路攀升。后来,这支钢笔被和作家坐在一起的一位歌星用二十万的天价成交。面对主持人的话筒,这位新潮的歌手说:"我希望每一个需要钢笔的孩子,都能拥有一支他需要的钢笔。"

火红的跑车

　　小文骑着火红的跑车走了,我又回到我们相识的日子。

　　我记得那时爱开会,不知领导是为锻炼口才竞选总统,还是想多看几眼漂亮的女教师给眼睛过生日,每周一次的全乡教师会是雷打不动的。其时,我刚高中毕业,只有二十多岁,脸皮很薄,我就两脚一脚一脚赶上乡政府,挨着领导说干的嘴唇,看够了女教师,我又一脚一脚地走回二十里外的家中。到了夜里,揉着酸痛的腿,我总想有一辆自行车,可民办教师微薄的工资猴年拖到马月也不能兑现,嘴里廉价烟还是鸡窝里打下的主意,对车子的希望只有寄托在梦中。在梦中骑着车子风光一次,是我最为盼望的事。

　　我虽然买不起车子,可学校新来的小文老师却买回了一辆火红的跑车。小文老师长得热情大方,秀丽迷人,那辆车子热烈而耀眼。我没见过义老师骑车子,我暗暗期望她不会骑,然后她就请自己带她教她,自己也有了与她接触的机会,然后,然后火红的跑车上就会演绎出一曲粉红色的故事。心里这么想,我却不动声色,第二天开会了,我却起了个极早,依然是一脚一脚走到了乡政府。等了一会儿,就见小文也是走来的。心里一阵窃喜,却又不问不闻,一副浑然不觉的感觉。即使就是回到学校,我仍装作什么也不知道。又是一个开会的日子,我虽然起得很早,却走得很迟。当我走出学校门口,正如期望的那样,小文推着火红的跑车站在路边,美丽的脸上写满焦急和烦忧。见了我,立马是一脸的惊喜。

"你还没有走。"

"我睡过头了。"

"真是太好了,买辆车子本想图个方便,没想到却成了累赘,只好请你代劳了。"

"客气啥。"

诡计得以实施,我激动不已,却是一副救人于危难般的豪爽,很自豪很潇洒地骑上跑车,在崎岖的山道上颠簸,心也随之颠簸。

山里的风清,山里的水纯,山野里的友谊也清纯如风清洁如水,容不得半点非分之想,虽然我一再努力,火红的跑车依然演绎不出粉红色的故事。小气的我懒得去教她车技了。偶尔上路练车,小文战战兢兢,胆小如鼠,不敢上车。倒也正中我的下怀,每每骑着跑车,我就像车子的主人,很坦然很洒脱,有时还做个很不友好的小动作。小文却像那搭车者,每次坐上车子都献上一份灿烂美丽的笑。

日子如车轮下的路,一日日往后转。眨眼就是两年了,崭新的跑车已经破旧了,骑着也没了主人的光彩。我咬牙自己买了一辆火红的跑车,这时,我才明白火红的跑车已经失去了,失去了才知道是那么珍贵。于是,推着小文那辆被我骑烂的火红的跑车,我想把那段好美好美的生活续在自己的火红的跑车上。

可惜,小文老师调走了。这时,我才发现小文骑着那辆火红的跑车,在凸凹不平的山道上轻捷如飞。至此,我才明白,小文精湛的车技远不是自己所能企及的。

后来,我又听说,早在我学车子的时候小文早已夺取了县自行车大赛的亚军。望着山道上已消失了的火红的跑车,心里除了一份对小文的感激之外,我觉得自己真是太聪明太聪明了,聪明得宛如捞月亮的猴子。

火红的跑车
第四辑

拐伯的牛

那年的冬天很冷,拐伯腿痛的毛病又犯了。拐伯就拄着一根长长的吆牛鞭子找到我爹,说他要到城里儿子家去治腿,可两头牛没有办法交代,想请我爹替他放牛。我知道养牛是一件很辛苦的事情,天晴要犁地,下雨要铡牛草喂养,一年四季没有一天清闲的日子。爹的身体不好,我就急着用眼睛瞪爹,可爹只顾得低头抽烟。这时,拐伯一笑,又说:"犁地的工钱抵放牛钱,生下的牛犊子也归你,但你要把牛养得鲜亮。"爹听了,吐出一口浓痰就应了。

拐伯见爹应了,就一拐一拐地走了,好似捡了好大的便宜,我心中对拐伯的好感和同情也随着他一起走了。好容易,穷乡僻壤能养活两头牛已经很不容易了,哪能鲜亮呢。再说,我不同意还有另外一层原因。

拐伯以前是地主,我爹解放前就是给他家放牛的,后来又给集体放牛。直到"文革"时红卫兵打折了拐伯的腿,为了让他有一条生路,我爹找到当支书的堂兄,才把放牛这个挣高工分的活儿让给了他。没想到拐伯现在有了钱,还专门买牛让我爹放,我心里委实不舒服。

不舒服归不舒服,爹答应的事情,爹就干得很尽心,有事没事一门心思操在牛身上。天晴犁地了,爹从我们的口中扒拉一些粮食喂牛;下雨不犁地了,爹就冒雨割回鲜嫩的草。娘见了不无妒忌地说:"你待牛比待我还要好。"爹听了,只是笑,笑罢了又去照看拐伯的牛。

牛也争气,经过一段时日的喂养,牛长得健壮威猛,皮毛似软缎一样油光水滑。看着牛,我说,爹,拐伯回来要给您发一张大奖状呢。爹说,奖甚呢,你拐伯只要说声好就行了。可惜,拐伯没有说好,拐伯根本就没回来。拐伯只是写了一封信,说是腿没治好,请爹费心把牛喂好。爹捏着信,很遗憾拐伯没有回来。遗憾之余,爹依然是尽心尽力给拐伯喂牛。天晴犁地的日子,他依然克扣我们的口粮喂牛;下雨不犁了,他还是给牛割鲜嫩的草。牛怀牛崽了,爹把那牛看得更是金贵,牛不干活儿不说,还一天一顿精饲料。牛下牛犊了,爹整天都在牛圈里料理,比娘生弟弟时照料得还要精心。我虽然愤愤不平,但看见爹眼里萌生的希望之光,我只好忍住不说。

爹梦想着有两头牛,这梦从解放前一直做到现在,直到现在他才看到一点儿希望。于是,来年夏天到来的时候,我暗暗企盼拐伯的腿不要治好,再有两年,爹就有了自己企盼的两头牛了。放牛固然辛苦,也唯有如此爹才能得到自己企盼的牛。也许是天意,拐伯腿痛的毛病一直没有得到根治,每年的夏天他只写一封信,恳求爹继续喂好他的牛,爹的希望就慢慢走向现实。

第一头小牛犊终于长成牯子了,母牛又下了一头牛犊,爹的梦想成功在即。可是那头老公牛却病死了,爹的梦想又破灭了一半。看着爹日渐苍老的神情和身体,我想写信让拐伯回来,可爹不允,私下将那头牯子划给了拐伯,把那头死牛卖了,做了我上高中的费用。

拐伯的牛拴住了爹,也拴住爹挣钱的手,我和弟弟又都在上学,家里的经济很紧巴,爹的梦想确实很难实现。待到第二第三个牛犊长大了,我又准备写信给拐伯时,我家又有了新的开销,爹不得不卖去属于自己的牛,卖去自己的希望,也希望拐伯不要回来。拐伯的腿是老毛病了,拐伯也始终没回来。牛犊是卖了又生,长大了又卖,爹的希望总是难以实现。于是,我在古城上大学的那几年,爹和娘总是年年给拐伯捎了许多土特产,而我次次都送给了别人。我不仅仅是因为爹解放前和解放后都给拐伯放牛而生气,我更是担心拐伯要是和我一起回家而断绝了我爹的梦想。

今年夏季,我终于从大学毕业了,弟弟也参加了工作,爹终于实现了自己的梦:拥有了两头健壮的牛。于是,我急切地给远在古城的拐伯写了信,

让他赶快回来安排自己的牛,我们家已经不需要再给他放牛了。

可是,拐伯没有回来。拐伯的儿子回了一封信,说是拐伯进城的第二年就治好了腿,去年秋天因病去世了。信中还说那两头牛是送给我们的,是怕我们不接受才找了那么一个借口。看罢这封信,我哭了,我终于明白:我爹的希望不仅得益于那两头牛,就连我家今天的生活也得益于那两头牛。

捏着这封信,我想起了拐伯,可拐伯已经死了。拐伯死了,好在拐伯的牛还活着,牛的子孙还会生生不息。

陪布什看球赛

我不是 NBA 的粉丝,篮球比赛看也可,不看也行。

可是布什一家要看中美篮球赛,我只得陪着他们看球。

这场比赛真的很好看,特别看见美国运动员是那么潇洒的举措,更是让人心动不已。恨不能自己也上场潇洒走一回。

不过,看完了球赛,我也有一点其他的发现:

我发现美国运动员不恋球。一接到球就快速反攻,快速出手,形成一幕幕热闹精彩的攻击战,让人十分的敬佩。

我们中国队的队员喜欢带球,球一到手,总喜欢带上一带,就像我们有些领导喜欢权力,一朝得手,打死他都不放手。岂料,带着带着,球丢了,人也丢了。

我还发现,美国运动员分工明确,又积极主动。看人,看得很死,让人没有招架之功。可是。一旦有了其他机会，就创造机会拼命争取。

我们秉承在其位、谋其政的教诲，一般不越位。不说怎么积极创造机会，就连发球，都没有人主动去接，甚至占着茅坑不拉屎。

还有一点，我羡慕布什的潇洒。我们开奥运会，他老人家竟然在这里看了几天，竟然不回家，乐不思蜀一般，不管经济，不管社会，不管政治，典型的一个甩手掌柜。

想想我们的领导，常常忙得不亦乐乎，夜以继日，废寝忘食，看起来让人心里难过。

开幕式的温暖

开幕式无疑是宏伟的，是璀璨的，是耀眼的，是……媒体上会有许许多多的赞美之词。可是我感觉到的是开幕式的温暖。温暖的点应该有两个吗，第一个是那个唱歌的女孩吧，遗憾的是，我听了半句，突然停电，稚嫩的童音就被外面不满意的声音所替代。电来了，就到了汉字那个章节，只感觉辉煌，感觉宏伟，没有感动，也没有温暖，就连刘欢的歌声，也没有打动我。可是，当我看见林浩的时候，我感动了，坚强的心变得十分温暖。

林浩是四川省汶川县映秀镇中心小学二年级的学生。他在四川 5·12 大地震中表现出来与年龄不相称的成熟、冷静和大气让人钦佩。地震发生后，废墟中的林浩组织同学们唱歌鼓舞士气，经过艰难挣扎，林浩终于爬出

火红的跑车
第四辑

废墟。在自己脱险后没有慌乱逃离，他又只身钻入废墟赤手救出两名同学，并把同学背到安全处，在救援过程中原本没有受伤的林浩多处受伤。经过七小时的艰苦跋涉，林浩与姐姐和妹妹从映秀转移到都江堰。小林浩稚嫩的童音、超出年龄的成熟和勇敢以及健康乐观的性格感染了每一个中国人，九岁的林浩被授予"抗震救灾英雄少年"的称号。

虽然是个英雄，他的确是个孩子，我记得一次在一个晚会上，主持人问他最多的理想是什么，他说——希望头上受伤的地方的头发尽快长出来。他没有豪言壮语，每一句话都是那么朴实，那么感人，让人十分感动。昨天的夜晚，当矮小的林浩和小巨人姚明站在一起的时候，相信小小的林浩又会感动亿万的观众！因为我们太需要英雄了，我们太需要那张发自内心、率性而为、没有粉饰和包装的英雄！

寒衣节

据说这个节日来源于孟姜女千里寻夫的传说。

农历十月初一是寒衣节，与清明节、中元节同属民间祭祀祖先的日子，人们习惯叫"过十月一"。

旧时，妇女们要亲手缝制寒衣，送给远方的亲人。如亲人已去世，就用纸做成寒衣，在这一天到坟前烧掉，所以叫"寒衣节"。

有好多的地方，在十月初一的前一天，由家长率领儿孙们到祖坟添土。

添土不用筐篓,要用衣服兜着,兜的土越多,族里人丁越兴旺。节日当天,则由族长带领家族中的男性,抬着食盒、大方桌和丰盛的供品（20至30个大碗）,逐个到坟茔前祭拜,叫"上大坟"。现已改为一家一户携带少量供品（一般是饺子）"上小坟"了。

如今,十月初一上坟烧纸、烧寒衣的习俗已淡化,许多人特别是城里人,只是到坟前默哀或献上一束鲜花,来怀念逝去的亲人。

过去,十月初一还是长工的下工日,所以又叫"散工节"。雇主要在这一天设筵犒劳雇工、清算工钱,宣布是否继续留用,留下自叫"打冬"或"打冬活"。

在我们镇安的乡村还有一个说法:说是十月一日是寒婆婆捡柴的日子。如果这一天天气晴朗,寒婆婆就会拣到好多的柴火,就说明今年的冬天很冷;如果这一天阴雨连绵,寒婆婆就不会出门拣柴。那么今年的冬天就会很温暖。

今年的寒衣节会是什么天气呢,我不知道。我觉得还是天气晴朗的好吧,天气晴朗寒婆婆就会拣来很多的柴火,我们的冬天一定会是很寒冷的。民谚说,冬不冷夏不热,五谷不得接,不冷了接什么呢? 再说了,冬天不冷,怎么能叫冬天呢?

流浪画家

上午临近下班的时候,办公室来了一个流浪画家。消瘦,黧黑,满面胡须里写满了疲惫和艰辛。他说他是从云南来的,一路写生,一路流浪,破烂

的牛仔背包里满是他一路的收获。

他说他想去木王,他想去柴坪塔云山,他说这里有着独特的意蕴,他想去发现和寻找他心中的美好。看了他的人听了他的话,我心里很难受,难受之中也有着一种崇敬。难受的是他的行囊和穿戴,崇敬的是他对艺术的执着。如果不是他眼中那灼灼而富有灵气的眼神,凭他的穿戴行囊和一个乞丐差不多;他虽然衣不蔽体、食不果腹,却依然不改对艺术的执着追求的初衷。为了艺术,我不知道他放弃了多少可以享受的人生快乐,为了艺术我也不知道他还要面临多少的困难。他找我是希望能够给他解决交通和进园的困难,希望我也能给予他其他的帮助。无奈我人微言轻,帮不了他什么大忙,只能解决一点小问题。可他还是留下了一地的感谢,说困难是一个一个解决的。是呀,困难的确是一个一个解决的,路也是一步一步走出来的。也许多年以后他能够成为一个大画家,也许他什么也不是,可是他的这一段经历他是永远不会忘记的。

他离开了,我也在思考自己,无论是爱情,无论是事业,好多时间做的好多的事情也是不知道结果,也许知道自己没有那个结果,依然努力地去做。因为自己的心里始终有着一个情结,一个梦想,一份神圣,一种信仰。就是不知道这是一种幸福,或者是一份悲哀。

第五辑

乡韵乡情

　　木王没有五岳的盛名,也没有她们华贵,但更为可贵的是她没有骄奢、淫逸和那些文明的垃圾,木王宛如蒙着面纱的处子,远离世俗,娇羞迷人,又晶莹剔透得让人爱怜。

神奇的木王

　　木王,顾名思义应当是山大林深,蛮荒而凶险的地方。及至到了木王,我才发现木王不仅有山之雄伟,有林之葱郁,而且有盈盈的水,幽幽的潭,有兀峰怪石,有奇树异草,也有神秘莫测的沼泽和数不尽的珍禽异兽,她融山、林、水、石、洞为一体,又集雄、奇、秀、险于一身。随断一隅,不是一幅绝妙的油画,就是一首美丽的歌谣,如诗如画,可品可饮,令人过目不忘。

　　最抢眼的,当属那水了。高大的山体犹如一块巨石造就,葳蕤的树林便簇拥在一起,一股山泉就从石上泻过,清凌凌的水不染纤尘,犹如琼浆玉液,也如情人脸上那迷人的眸子,怎么形容也不过分,怎么形容也不贴切。她呢,她听后也不作声息,走过巨石,又依山崖,一路唱着向前走,就到了崖的尽头。崖的尽头就是龙潭瀑布了,古树参天,藤缠叶繁,瀑流镶嵌其间,因为崖头利石的撕裂,瀑流如纱似绢,也如一挂水晶的珠帘,瀑流汇聚一潭,潭水碧绿,深不可测。轻轻的水雾缥缈其上,千年大鲵栖身潭中。潭水溢出又积一小潭,清澈见底,小鱼游来游去。攀潭边小径直上,就是相思崖,崖高数十米,绿树青藤倒悬其上,妙不可言。过了相思崖,又是知音谷。传说这是俞伯牙和钟子期相遇的地方,在这里我看见了沉醉入琴声中的钟子期,我们也看见了俞伯牙的那张七弦古琴。站在琴边倾听,石上的水声叮当作响,崖下小溪千回百折,枝头的鸟儿边歌边舞,林边的花草相偎相依,其情其境,其幽其秀，又岂能是语言所能描绘。

牵着那清凌凌的水，就到了四海坪。四海坪是一块高山盆地，有着无穷无尽的传说，一千多年前，她是一座北通长安，南入巴蜀的小镇，循着那依稀的残垣断壁，我们可想象出昔日车马穿梭，商贾云集的热闹和繁华景象。可小镇为什么破败了，没落了，问僧僧不知，问史史无考，却留下了山民们流传的各种荒诞怪异的传说。传说的小镇毕竟是过去了，而眼前的四海坪已成了一座草木葱茏的植物园。浩渺无边的芦苇荡，挨挨挤挤的落叶松林，围绕着险象环生的沼泽草地。草地里生长着大九架、菖蒲、蕨草、刺梅、藤竹等二百余种植物，还有木青、连香、红豆杉等10多种名贵树种。黑熊香甜的鼾声，公鹿美丽的犄角，隐约其中；蛇行草丛，鹰击长空，威猛又恐怖；锦鸡与画眉、青鹿与香獐又是那样的亲密恩爱，和谐与恐怖融为了一体，平静中就布满了杀机，清澈的小溪，回环的小径，甚至每一棵树每一朵花，处处都弥漫着一份凶险和密不透气的神秘，而她的一草一叶都勾引着游人去探古寻幽。心里还弥漫着四海坪的神秘气息，双头马又跃入眼中。高大的矛子山，丰硕的小北峰，赛华山的雄伟，玉笋峰的秀丽，跑马梁的惊险，望子山的神奇，吸纳了大山的灵魂，浓缩了秦岭的精华，人人赞不绝口。尽管如此，最我急切盼望和梦魂牵绕的是北国唯一的万亩杜鹃带。这种乔木杜鹃生长在海拔一千六百至两千米高山林区，树干光滑，叶呈长条椭圆状，树形似枇杷，特别引人注目的是那杜鹃花，呈喇叭状，一团一簇，雍容华贵。开花时，初为紫色，继而淡紫，继而雪白，据向导介绍，到了五一前后，杜鹃芳香四溢，宽坪梁犹如一幅巨幅壮景令人感慨万千。遗憾的是我来的时节已是深秋了，满山的黄栌叶红了，十里杜鹃在似火的栌叶中流金溢翠，又是一种绝妙的风情。虽则如此，我心中不免还有一份缺憾。为了弥补我的缺憾，向导又把我领到鹰嘴峰下，于是我看到一片杜鹃花林，一面山下去，没有杂草，只有杜鹃，没有人迹，只有鹰影，这里的杜鹃花带比宽坪梁还要气派，还要壮观。想象来年的初夏，杜鹃花开的美景，纵然是李白再世，也会惊叹大自然神奇的造化而无语凝噎。

　　木王不仅有水之灵秀,有沼泽草地之凶险,有杜鹃林带的神奇,最具魅力的依然是山之雄浑和石之怪异。木王的山是石头构造的筋骨,那山便是有霸气和骨气,木王的山也有土的植被,那山就有了浑雄也有了温柔。木王的山有多高水就有多高,那山也有了一份柔媚也多了一份温情。于是,木王的山上全是浩渺无际的林海。没有人知道直插云霄的冷杉,经历了多少年的风雨,也没有人听懂那枯萎了一半的古树向小鸟诉说什么,在这块密集的原始森林里的每一片叶子,每一朵野花上都刻着孤独,也刻着沧桑。沉默的石头愤怒了,他们做出千奇百怪的神态,向人们诉说数百万年的变迁;"林海神龟"好像是在讲述从海底走向高山的历史。木王丛林中的石头姿态万千,不胜枚举,任何一位想象力极为丰富的诗人在这些奇石面前都会感到汗颜,也许你会笑我低估了你的想象力,可是你见过千米石瀑吗? 从观云台的山顶到山腰,泥石流过后裸露出的花岗岩石,犹如一条白练自空中落下,足足十米宽,一千米长,石上不见裂纹、石隙,你能称之为石? 还是叫它为山? 远远看,好像是飞向天际的高速公路,从下向上看去,又如埃及金字塔的一个侧面。一泻千里,十分壮观,让人惊叹大自然的造化。也许,你对千米石瀑不感兴趣,当你登上观云台,一定会对北国奇峰、华夏一绝的鹰嘴峰震撼,你不得不叹为观止。该峰高 2601.5 米,是镇安第一、商洛第二高峰,因雄伟的山峰像一只苍鹰而得名。巨石构成的尖嘴直指苍穹,石窟形成的目光尖锐犀利,金翅铁骨笑傲群山。站在山下仰望鹰嘴峰,你不得不叹服大自然的鬼斧神工。登上鹰嘴峰"会当凌绝顶,一览众山小"的感慨便油然而生。走下峰巅,四周更是一片原始森林,高大的冷杉都有千年以上的树龄,茂密的松花竹林,铺天盖地的地柏,也历经数百年的风霜,到了夏天,数十种灌木杜鹃开了,姹紫嫣红,雄鹰从山间掠过,羚牛徜徉其间,甩一声高亢的民歌,心中便有一种别样的情愫。

　　有人说"黄山归来不看岳",也有说"五岳归来不看山"。我曾游历过黄山,也曾游历过五岳,也因工作的关系游历过许多国外的名山,我曾为华山的惊险叫绝,我曾为泰山的日出哭泣,我也曾为黄山的云雾而歌唱,可他们没木王的风光让我久久不能忘怀。木王没有五岳的盛名,也没有她们华贵,但更为可贵的是她没有骄奢和那些文明的垃圾,木王宛如蒙着面纱的处子,远离世俗,娇羞迷人,又晶莹剔透得让人爱怜。

千米石瀑

若问木王最为知名的景观是什么?人们自然会说是千山杜鹃了;若问木王最让人惊喜的景观是什么?人们自然会说是千年原始冷杉林带;若问木王最让人难忘、让人叹服的景观是什么?人们会异口同声地说是那里的怪石奇观,还能如数家珍的数出玉笋峰、矛子山、跑马梁,自然还有大鹏顶——鹰嘴峰。

然而,木王最最让人难以忘却的还是世所罕见的千米石瀑。

千米石瀑位于木王国家森林公园的双头马景区。从公园的东门栗扎入口,迎接你的是一条河。河叫饮马河,那是传说中孙悟空放牧天马饮水的小河。天马虽已化成大山,而河水依然奔流不息。河床狭窄,却怪石林立,河水曲折回环起伏,遇上石坎,就成了瀑布,见了转弯,就汇聚成潭,极尽水的温柔与娇媚。树也贪婪起水的美色,浓郁密布,树影摇曳,就有了"树荫照水爱晴柔"的意境。于是,也就想起当地的一个民谣:"朝阳观的钟,延川岭的风。栗扎坪的花大姐,木王坪的野老公。"栗扎坪姑娘为什么那般娇羞迷人了,皆是饮了这一河的水呀。有了这一河的水,栗扎坪的姑娘自然是多情、美丽、温柔无限了，一方水土养一方人啊。

因为这一河的水，栗扎坪有了美丽的姑娘，因为这一河的水，两岸才有了这美妙的景色。水在浓浓树荫中游来游去，路在树林中穿行，我们才真正明白什么叫林荫路了。树影婆娑，阳光斑斑，穿行在松针树叶铺就的小道上，发出"沙沙沙"的声音，心就伴着多情的眼光四处游弋。落叶松嫩绿的枝叶，猕猴桃苍老的藤条，奇石上苔藓的苍翠，华山松枯枝的高古，每走一步，都有一处新的发现，每看一眼，都能定格成一幅美丽的小品。挣脱树荫的诱惑，走出林间进入沟谷，就看见了笙歌台——传说中杜鹃仙子演奏笙歌的亭台，山石为台，古木为笙，横溢的溪水"叮叮当当"的水声自然就是杜鹃仙子唇边的阵阵仙乐了。伴着仙乐，一路上景景相连，有浣纱台、有织女洞、有参天古木、有原始森林，犹如一颗一颗的珍珠，晶莹耀眼，过目难忘。路的艰险与肢体的疲倦便随风而逝，很快就到了向往中的千米石瀑。

嘀，这就是千米石瀑了。石瀑由裸露的石体构成，长约一千米，宽五十米，两边是人迹罕见的莽林修竹。远远看去，从云端到山林间，从山顶至山脚，如同天河跌落，一泻千里，势不可挡，大有"疑是银河落九天"的气概。因而人们叫他石瀑，石头的瀑布；也有人叫它"天来瀑"，意思是天上飞来的瀑布。据省内外知名的地质专家和学者考证，认为这是中国仅有、世所罕见的地质地貌景观。据地质专家介绍，这里由于岩珠与地下水运动，转移地面附着物而形成的大型山体景观。石瀑依着山势呈三十度至六十度夹角，表面光洁平整，山体为一张整石，难见石隙，远看亦如石河，亦如飞入云际的高速公路。向导行走其上，健步如飞，感觉十分舒服。我禁不住诱惑也尝试涉足其上，脚面虽然稳健没有光滑的感觉，可是心害怕，脚发软，迈不开脚步。两个向导急忙扶着，依然吓出一身冷汗。只好坐在石瀑之上，抬眼四望，天高云淡，峰峦叠翠，松涛阵阵，不觉心旷神怡而物我两忘。

正沉浸其中不愿醒来，向导又扶着我走过石瀑，进入巨石阵。听说过英格兰的巨石阵，也知道那里有人或者神的色彩，而这里的巨石阵，全是自然的杰作。整个石阵长约一千米，宽为一百多米，由地震诱发的山崩而形成。

山是花岗岩体,石全是花岗岩石,或大或小,奇形怪状,却又十分的温驯,因而也有人叫它万羊阵,说是它们都是羚羊而幻生。也有人说这是当年女娲治炼五彩石的地方,而巨石则是炼治五彩石的废石。纵然是废石也不甘寂寞,接纳雨露尘土,滋生出小草、苔藓、松花竹、灌木杜鹃,就连难得一见的黑桦也伴生其间。于是,鸟来了,蛇来了,鹰来了,鹿来了,羚羊也把这里当作自己的家园。所以,罕见惊险的暗伏杀机的巨石阵,就充满了勃勃生机和繁花似锦的美丽,又与堪称奇迹的千米石瀑珠联璧合,形成了这道绝妙又无与伦比的图画。

千山杜鹃

早先知道木王有十里杜鹃,及至到了木王,才知道木王到处都是杜鹃,道路的两边,崖头沟谷,处处都可以看见杜鹃的丽姿。因此,人们便把木王国家森林公园称之缤纷杜鹃画廊。其实,木王的杜鹃不仅是路的两边,茨沟有,鹰嘴峰有,双头马有,木王的山山岭岭沟沟谷谷都生长着美丽的杜鹃,分布面积达两万余亩,是西北乃至北方最大的杜鹃林带,有千山杜鹃之美誉,也人称木王是"杜鹃故里"。

杜鹃,又叫映山红。杜鹃花硕而色美,是世界著名的观赏花卉。花常多朵组成顶生伞形花序式的总状花序,偶有单生或簇生,花冠钟形、漏斗形成管状,花色有紫红、紫斑、鲜红、深红、粉红、白色等颜色。木王的杜鹃花品种

乡韵乡情
第五辑

有二十多种,最主要的品种有头花杜鹃、秀雅杜鹃和满山红杜鹃,是秦岭最高山地带特有的阔叶杜鹃,具有很强的地域特色和很美的观赏价值。

满山红杜鹃主要分布在海拔一千五百米左右的茨沟景区的正河、茨沟、宽坪梁一带,为乔木杜鹃,花型阔大,花色艳丽。三月中旬至四月初开放。每到这时节,你走进茨沟,满眼就是别样的感觉。春寒料峭,万物尚未复苏,杜鹃花经过一冬的积蓄,率先展开了她迷人的芳姿。这里的花大多单朵为喇叭形,七朵八朵生成伞状,花色十分的娇艳,如同小孩的笑脸,又如美女的粉腮,让人十分爱怜。随着时间的推移,花色起初为深红,由深红变浅、接着粉红、继而粉白,不同的时期,有着不同的神韵和美丽。茨沟从沟口到宽坪梁全长十里,海拔落差四百米,杜鹃花依据自己的居所渐次开放,带给人们的是更多的惊喜。这里杜鹃的分布也十分奇特,茨沟两边的山腰之间形成了一个宽约一百多米长十余里的杜鹃花带。杜鹃盛开季节,远远看去,花团锦簇,如锦如缎,如缤纷画廊,十分壮观。这就是最具盛名的十里杜鹃画廊。这时,如果再来一场春雪,白的雪,红的花,绿的叶,大有"风华献媚薰青眼,雪絮飞香点此髯"的意味。

茨沟的满山红十里杜鹃,还保留着依稀芳韵,双头马和鹰嘴峰下的头花杜鹃和秀雅杜鹃又慢慢开放了。头花杜鹃和秀雅杜鹃有簇生亦多单生,色彩多呈纯白、粉白、水红或者紫色,遍布双头马、饮马河的山坡与沟岔岩畔。苍黄的山色之中点缀着一片一块杜鹃,犹如花色靓丽的洋花布,站在树下观看,鲜嫩的花朵如同水晶制作的一般,晶莹如滴,明亮剔透。最值得人们回味的是跑马梁原始森林的杜鹃花带,既有头花杜鹃,也有秀雅杜鹃,还有满山红杜鹃,挨挨挤挤,红白变换,争奇斗艳。再加上杜鹃树翠绿的叶,古松的虬龙枯枝,遍地的剑竹,美不可言。还有鹰嘴峰下的杜鹃,一面坡全是秀雅杜鹃,没有一株杂灌,花开之时,银花遍地,花香阵阵,深吸一口,洗心沐肺,神清气爽。如果是在早晨,轻雾缠绕,云蒸霞蔚,如入仙境。

木王不仅有头花杜鹃、秀雅杜鹃、满山红杜鹃等这十多种高大的乔木杜鹃,还有十多种矮小的灌木杜鹃。花枝虽小,却不逊色于乔木杜鹃,穿行于木王莽莽丛林之中，或立于路边，或占踞崖头，或攀附岩石，浮动暗香，展现出或红、或黄、或白、或紫、或蓝的花，与树、与林、与藤、与岩，甚或是羚牛、或是松鼠、或是蝴蝶、蜜蜂，构造出一幅幅美丽的小品，装点出木王的灿烂和美丽。

春赏四海坪

　　四海坪是一个高山盆地。传说在很久以前，那是一个繁华的集镇，也是北通长安、南入巴蜀的交通要道。后来，不知什么原因，小镇不见了，古道也没有了，代之而起的是茂密的森林，葱郁的草甸，奇特的怪石，清澈的瀑流。画眉、喜鹊、斑鸠栖息枝头，云豹、林麝、黑熊徜徉林间，四海坪就成了一个神秘的世界，旅游的胜地。

　　四海坪生存着两百多种植物，被称为天然的植物园，最抢眼的自然是树，是林。高大的松柏，挨挨挤挤，低矮的枫树、腰竹密不透风，虬龙古枝，苍藤枯木比比皆是，就连连乡、红豆杉这样珍稀树种也随处可见。太阳挂在枝头，飞鸟衔着晨露，四海坪是那么的宁静、祥和而又神秘。

　　接着应该是草甸，是芦苇荡。草是那样的美，绿格莹莹的，还开着花，有红的、蓝的、白的、紫的，甚至还有黑色的花儿。一株连一簇，一簇连一片，就有了几百亩的高山草甸。草甸挨着芦苇荡，芦苇荡又连着落叶松林。草甸、芦苇荡、落叶松林构成一幅绿色绝妙的风景，如诗如画，也只有俄罗斯古典

乡韵乡情

第五辑

画家的油笔才能表现出来。真想涉足其间，又恐沼泽地潜伏的杀机，只好揣着遗憾悄然离去。

走过草甸，就看见了石。那是石，还是山？说是石，它又是一座山，壁立千仞，寸草不生；说是山，却又是石，奇形怪状，令人浮想联翩。于是，就看到了神秘险峻的知音谷，看见了弹琴的俞伯牙，看见了听琴的钟子期，自然也看见了俞伯牙弹奏高山流水的那张七弦古琴。闭上眼睛，好像是听到俞伯牙的琴声琴韵，睁开眼就看见了水。水是从森林的夹缝里飘出来的，又从光滑的清石上洗过，那么清纯，那么洁净，像雾，像纱，又像是绢。挂在坎上，就成了瀑布，流进洼里，又变成了碧潭。水变瀑，瀑化潭，随着山势，跌宕起伏，就生出四瀑三潭的绝妙景观。面对此情，任何语言都是那么的苍白。心想，此生若能在水边石上搭一间木屋，读书作画。累了，抚琴和瑟；倦了，徜徉于林间草甸，此生又夫复何求。

夏游双头马

还没去木王，就先喜欢上"双头马"这个名字。"双头马"是天上的神马，在民间，骑双头马就等于有了双倍的俸禄和双倍的好运，谁不喜欢这样的好机会呢？因此，一走进木王国家森林公园，我们就直奔双头马景区。

最先入眼的，自然是那山。山峰翘首傲立，山岭逶迤绵延，云蒸霞蔚之中，犹如一艘巨轮劈波斩浪迎风前行。云雾散去，山峰就幻化出不同的形态，或如长矛,或如神龟,或如灵猴,依着人的想象,又演生出神奇的传说,脚下的路就轻巧灵便了许多,很快越过腰竹垭,满目就是绿了。绿的山、绿的树、绿的草、绿的叶,绿得那么纯粹,绿得那么赏心悦目。最引人注目的当是漫山遍野的杜鹃,春天她带给人的是姹紫嫣红娇羞迷人的花朵,夏天带给我们的是清纯洁净鲜嫩可人的绿叶,恰如一个美丽的姑娘变成了一个娇羞的少妇,前者给人以浪漫,后者给人以温馨。怀拥绿韵,静坐于听涛石上倾听松涛阵阵,俗世中的一切就随风而去,只愿沉醉其中不愿醒来。

禁不住导游的催促,依依不舍地走出绿树林荫,就看见了跑马梁。花岗岩体构筑的山脊,浑圆雄伟,犹如骏马的脊梁;置身其中,山风掠过,树动山摇,好像是骑在奔马的背上,惊险而又刺激。前行十余米,山脊变小变细,像是马脖子,松树攀缘而生,极像竖立的鬃毛。再走数十米,便分为两个小山头,这便是"双头马"的两个"头"了。传说此马是当年孙悟空任弼马温时所放天马,千百年过去,天马就变成了石山,成为一道景观。于是,急忙去寻找当年那牧马的猴子,嗬,一幅绝妙的美景就飞入眼帘,美丽的玉笋峰似破土的竹笋,又如出浴的美女,清秀灵动,惹人爱怜。雄奇的马鞍山如马鞍倒置,奇石镶嵌其中,就有千般的变化,群山起伏跌宕,又给人以无限的遐想。况且,木王的山有多高,水就有多高,岩头石隙就生出苍劲的翠柏和清纯的杜鹃,山石峰岩之上处处生机盎然。即使在寸草不生的石壁上,岁月也会用风雨刻下一道道痕迹,很像老人脸上饱经风霜留下的皱褶。站在相马台上放眼望去,山与峰,石与树,构成了一幅绝妙的画,随断一隅,就是一幅美丽的小品,信手一拾,便是一首绮丽的小诗。有人说它有黄山的灵韵,有人说它浓缩了秦岭的精华,怎么形容都不为过。所以,著名作家陈忠实游过木王双头马之后,欣然留下"经典木王、天开画卷"之美誉。

双头马不仅有山之雄浑,有石之怪异,有花之妖妖,也有情之切切。双头之上树木葱郁,藤蔓相绕,植物之间也衍生了许多优美的故事。顺着导游的指引,我看见了"夫妻松"——两棵古老的松树相依相偎,几百年的恩爱,"衍生"出周边茂密的松林;我也看见了"生死恋"——一株栎树和松树,

松树虽然死去多年，栎树生机旺盛，它们却依然相互缠绕，展示着矢志不渝的爱情。因为尘世中物欲横流，真情难见，在这里见到真情的树木，便让我们心中还有期盼，还有向往。

秋染鹰嘴峰

　　这是木王的秋天吗？

　　没有见过那么蓝的天，蔚蓝的、湛蓝的，抑或是瓦蓝瓦蓝的、蓝格莹莹的，不知道用什么词来形容它才更为确切，却感觉用什么词都不那么确切。天蓝得那么纯净，如同用琼浆清洗过一般，蓝得让人醉心，让人爱怜。白云也不想打扰蓝天的宁静，匆匆从天际掠过。于是，山就跃入眼前了。

　　那真是山的世界呀。满眼都是山，有人说那山绵延的岭似长城，山峰则是长城上的烽火台。而又有人说那是山海，那真是山的海洋，山岭逶迤峰峦跌宕，一层层、一叠叠，如浪似潮，一浪一浪，后浪推着前浪。不绝的松涛又成了潮声，一声声，一阵阵。而山峰则像是潮头或是潮头的浪花，相互守望。无论怎么形容，山不改初衷，幻化成不同姿态展示着山的雄伟和骄傲。看那飞来峰，山峰是一块巨石，飘飘摇摇，如同天上飞来之石；再看宝鼎峰，山峰是一座宝鼎，云雾则是宝鼎里的香烟在缥缈。还有天浴峰，小鹰嘴峰，一座连一座，千姿百态，美丽得让人目不暇接。当然，最美的、最神奇的自然是鹰嘴峰了。

鹰嘴峰高 2601.5 米,是商洛第二高峰,也是木王国家森林公园的一个重要景观。远远看去,山峰如同苍鹰的尖喙(嘴)直指苍穹,苍劲雄伟,让人折服。不知道它是在向苍天诉说自己千年的孤苦,还是向世人展示自己的桀骜不驯。也有人叫它大鹏顶,因为山是峰岭的组合,好像是一只展翅如飞的大鹏。还有人说,当年女娲在木王炼五彩石补天时,而它则是当年看守五彩石的神鹰。千万年过去,老天虽然再没有破出漏洞遗祸人间,而神鹰却甘于寂寞、恪尽职守,后来就变成这座神奇而雄伟的大山。人们无法印证这历史的传说,可人们的心中更多了一份对它的景仰,不仅是为了这个传说,更多的是为了山的雄伟与壮观。

　　鹰嘴峰的魅力不仅仅在于它的故事和一览众山小的雄伟气魄,而且还有四季的变化带来的四时美丽。春天里,鹰嘴峰下是无边的杜鹃,花团锦簇,暗香浮动,神鹰变成了护花使者,心中满是甜蜜和喜悦。夏天来了,绿荫遍地,四处清凉,南来北往的鸟儿又告诉它八方的趣事,寂寥的心中便有了鸟语花香。冬天来了,晴空万里,山舞银蛇,一派银装素裹,雾凇、冰凌、雪花、银饰,阳光普照,美丽非凡,寒冷的冬天四处又都是温暖。然而,最让它喜欢也最让人赏心悦目的,自然还是鹰嘴峰的秋天了。

　　眼前就是鹰嘴峰的秋景图了,谁也没有想到她的色彩竟然是那么的丰富。千年的冷杉树叶不改当初的青翠,经霜初润的白桦树叶已是一片金黄,黄栌的叶红如火如焰,七角枫的树叶又黄里透红,杜鹃的新叶青绿骄人,柞树、栎树的树叶或焦黄、或嫩黄,还有那鹅黄一片密密层层的松花竹,如麦浪,似稻花,如晚霞彩云。苍鹰掠过天空,羚牛徜徉其间,是那么美好,是那么和谐。因此,蓝天下的原始森林一片汪洋,色彩却因树的多少,一点,一滴,一簇,一片,或高或低,或远或近,眼前的山就成了七色的彩林。不必渲染涂抹,不必浓墨重彩,一丝秋风,汪洋恣肆的色彩随着心意的流淌,就勾画出一幅无与伦比的风光,美得让人惊心。无论是国画大师,抑或西画泰斗,在大自然的巨笔之下,谁见了,都会低下尊贵的头颅而自叹弗如,深切地感谢大自然的恩赐。

冬戏宽坪梁

　　木王的冬天是一片冰雪的世界,山岭上是雪,河谷里是冰。套用一句词那就是:"看木王天地,唯余莽莽"。

　　木王的海拔高,木王的天气冷,刚一入冬,如遇一场阴雨,木王就会飞雪飘扬了,木王的山岭就裹在冰雪之中了。通常,木王的雪来得悄无声息,只要有一片云,只要有阵雾,雪便不请自到了。落在树枝上,树枝就胖了,像是蒲公英的种子,又像是晨雾中的含羞草,毛茸茸的。落在松针上,松针像是镀了一层银,耀眼明亮,一枝一朵地看去,绒绒的松枝像小白兔的绒毛,看起来十分的舒服。此时如果云散雾去,阳光灿烂,蓝天白云之下的木王又是一番无法言语的世界了。

　　最有气势的是木王下大雪的时候。天阴沉沉的,云压得很低很低,雪就随随意意地下。那时没有风,雪片就在空中飘呀飘,雪花虽没有"燕山雪大如席"的气派,可它汪洋恣肆的姿态还是让人惊悚。站在雪地之中,看那雪花,一朵,一片,一团,犹如杜鹃花儿从空中踊跃飞落。一眨眼的工夫,雪中的人就成了派送礼物的圣诞老人,房子白了,地上白了,路边的竹子也不堪重负地垂下了头。雪还继续地下着,飘呀飘,飞呀飞,不久,就听见丛林里"咔嚓"一声,不知是小树折了腰,还是老树断了枝。接着又是"扑扑通通"的声音,或是"哦呵哦呵"的怪叫,不是小树扯掉了野鸡窠巢,就是枯枝砸碎了林麝或斑羚的美梦,阒寂的森林里就有了片刻热闹。巡山的工人早就生着红红的炉火喝起了醇香的甘蔗酒,野鸡,还有林麝,还有斑羚又忙活着寻找自己新的家园。

木王的雪野充满了凶险,木王的雪野里也充满了诱惑。鹰嘴峰是无论如何上不去,千米石瀑更是令人望而却步,四海坪的路太过艰险,最好的地方就是越茨沟而上宽坪梁了。满眼都是雪,路面上的积雪快有一尺深厚了,白白的,胖胖的,除了少有的几个野鸡的脚印和野兔的划痕,根本没有人迹。宽大而携带防滑链的吉普车行走在雪地上发出"咯吱咯吱"的声音,并且不时左右滑行,充满了惊险。真想拥有鄂伦春的爬犁,用一匹瘦马或套一条狗,在路上慢慢滑行。可是木王的山道太崎岖,我们只好揪着心流着汗,在吉普车上跳起雪地芭蕾,以至于窗外的雪景也不敢偷看。

好容易登上宽坪梁,紧揪的心终于放了下来,眼前的一切抢去了双眼。真的是太美了! 雪山、冰峰、雪松、冰凌,粉妆玉砌一般。除了一遍一遍背诵《沁园春·雪》,不知道用什么来形容眼前的一切。远处,蓝天青碧如洗,雪海山潮此起彼伏,高远而且辽阔,近处的树、草、灌、木显得十分腼腆。走进林边细看,秦岭冷杉如怀了孕的大嫂,亭亭的白桦像是戴了围巾的少女,弯腰的垂柳东倒西歪向一群不知回家的酒鬼,杜鹃的绿叶像是被开水烫过,而硕大的花蕾却像戴安娜那火热的红唇。忍不住用力摇一下满树的积雪,树伸直了懒腰,枝叶上的雪花又调皮地钻进衣领,挠抓行人"咯咯"地笑了起来。笑声惊起了林中的一群野鸡,野鸡飞过,被压弯了腰的小树趁机抖落了积雪站直了身子。这时就看树后的冰了。那原来是瀑布,现在成了冰瀑。冰面凹凸起,变化着不同的造型,像是走进了溶洞,看见了那些千奇百怪的石钟乳。只是比那石钟乳更加晶莹,更加明亮,更加精致,自然也更加美丽。

雪后的木王,如果太阳出来了,温暖地照着雪山、雪树、雪草,如同童话中的仙境。于是,你可以看见野鸡和锦鸡聚集在阳坡的草地上择食草籽,可以看见,林麝也走出了林子、左顾右盼、十分小心地寻找食物,看见斑羚不失

野性、蹦跳如飞。如果运气好,还可以看见金色的羚羊会从跑马梁慢慢地走过来。它是在寻找走失的伴侣,还是观赏美丽的雪景? 谁也不知道,因为美丽的木王不仅遍地美丽,而且遍地是神奇。

黑窑沟

黑窑沟位于镇安县云盖寺镜内,虽然叫沟,其实是一条河,河虽不宽,可水丰。河床大多是花岗石或石灰石形成的卵石,明净纯洁,可以坐,可以卧,也可躺在上面洗日光浴。水中自然是鱼的天下,有钱鱼,有麻鱼,有游鱼,有红尾的泥鳅,也有鲜美的河蟹。

在黑窑沟里,不可以执竿垂钓,你也可堵住来水"竭泽而渔";你可以选择一只筛子装一团剩饭,把鱼引进筛子;你也可以用笟箕装上麦草,堵住石缝,把鱼诱入其中。在这条河里,你可尽情享受鱼趣,而且十分的安全。夏天的时候,你可以找一处深潭戏水;冬天的时候,你又能站在巨石上"独钓蓑笠翁"。玩得累了,倦了,可以坐在树下歇憩,又可以上到河岸上看久违了的田园风光。春天的油菜花,夏天的麦浪,秋天的稻香,冬天的红柿子,不仅区别农家的四季,也演绎着四时的农家美景。

黑窑沟的山奇,奇在不断的变化之中,便有了燕子岩、广子山、莲花山等奇特的地貌景观。燕子岩是一道悬崖,石灰岩质的石山经风吹雨淋,就有了许多的洞窟,小燕子依洞建巢,也创造了一道美丽风景;莲花山因山峰像莲花花瓣而得,高大的山峰直插云霄,岩柏倒挂,飞鹰盘旋,美不胜收。峰回路转,两山相挤,就有了大湾峡。这里河谷曲折缠绕,水落石出,石河豁然入眼。两岸的山上,古松傲立,苍藤攀缘,巉岩突出,似随时即将飞落,让人触目惊心;最让人难忘的是阎王砭,几百米的悬崖之上,凿出一条公路,置身其上,好像是在空中,令人胆战心惊。还有岩峰沟古寨,一尺宽的山脊上,人们铺上两尺宽的石条步道,两头翘在空中,古寨没入云中,令人叹为观止。

黑窑沟的水秀,秀水在多变的山中行走,也有了多变的形态,遇坎成瀑,遇湾成潭。逸龙潭,传说是黑龙休息的地方,潭不大却深,有绿水封覆,有大鲵相伴相生。石门瀑布,悬崖高约十丈,一泓细流似崖头跌落,丰水季节犹马尾,枯水季节却又成一线瀑,到了冬季它又变成一个晶莹剔透的冰柱。葫芦瀑布,因为上大下小如葫芦(特别冬天结冰后润晶如冰葫芦)而得名,也有人叫吊罐潭,因下面的石坑口小肚大犹如农家烧水的吊罐。潭水溢出,又成一瀑,三潭三瀑,十分罕见。

黑窑沟的沟多,而沟里又有谷,沟谷相连,就有了无边无际的森林。森林虽然大多为次森林,因为面积大,长势变化大,森林景观十分奇特而且美丽。最为奇特的是迷魂阵,传说中那里原叫梅花镇,因盛产梅花而得名,是南北通衢大道。而今,梅花镇成了片森林,人们进到这里,莽林密布,云缠雾绕,常常找不着出路口或者来时的路线,故而当地人叫迷魂阵。迷魂阵不知是否确切,可满山的原始丛林、满坡的杜鹃,绘就了一幅壮丽的图画,只想生活其中,哪里还想来时路。

黑窑沟里不仅有奇异的自然风光,还有非常有名的刘家庄院。刘家庄院是清嘉庆年间当地旺族刘氏开籍先祖刘永盛"插草为标"选择为生活住地,历经几辈人的辛苦而完成的家族庄园。刘家大院从山脚到河岸,前后两重,有七个"四水归堂"的四合院,各自独立,又互相连通。在建筑风格上,房屋均为硬山式砖木结构,明撒瓦,屋顶带有兽脊马头墙,青砖、白墙、灰瓦。院落的大门为石头门框和门墩,正厅(堂屋)均为四扇(还有六扇、八扇)雕花格子门(俗称股皮门),正面墙上有神龛供奉祖先香火,厅堂内亦可摆设宴

席接待宾客，极具徽派建筑特色。前面有花园、学校、磨坊等房舍，占地三十余亩。这种成群的大的四合院无论是当时或是现在，在镇安，甚至商洛乃至陕南都是十分罕见的。

这里的民风也十分古朴。一片修竹，两丛篱笆，一户农舍便跃飞眼前。迈进院舍，主人会献上板栗、核桃、柿饼。随着一阵锅碗瓢盆之声，接着就端上腊肉，斟上甘蔗酒，再上一碗苞谷干饭，绿色的菜肴，原真的佐料，乡土的做法，使你实实在在品尝到真真正正的农家饭，幽静雅致的农家情趣令人乐而忘返。

春走达仁河

汽车在灿烂的阳光里奔驰，红花绿叶在窗外的阳光下招摇。四月里的一个晴日，我和朋友一起前往达仁，想看看达仁河的水，看看达仁的茶园，还想用达仁河的水泡一壶达仁的象园茶。

和象园茶结缘已经有二十多年了吧。每年清明前后新茶上市，我总会收到朋友给我的茶叶，送茶的朋友虽不尽相同，可象园茶的清香和朋友的情谊一直温暖着我的心。

心暖路短，说笑间我们就到了达仁河。达仁河的水清纯甘洌，小鱼游戏其间，悠然而自在。河两边是田，田后面是山，山上密密麻麻的林子里，不知名的鸟儿互相对歌，就有了"水清石出鱼可数，林深无人鸟相呼"的景象了。

一方水土养一方人。行走在达仁河边，看那坡上的林子，清清朗朗；看那田地的庄稼，葳蕤而葱茏；再看一栋栋的民居，无论是楼房或平房，都是那么的洁净而畅亮。我曾经多次到过达仁，也曾多次走进达仁的人家，渴了，主人给你泡一壶香喷喷的象园茶；饿了，主人给你煮一块腊肉，再烫一壶甘蔗酒。记忆最深的是达仁河的酒盅，差不多能装一两吧，端起酒杯喝下去，立马就明白了什么是豪迈。

达仁多山，山能负重，生长着密密麻麻的树。高大粗壮的松树、杉树可以做梁柁、做家具，浅山的板栗、核桃可以盘活经济，就连灌木丛中谁也看不上眼的灌木疙瘩，达仁人也会把它做成一个绝妙的盆景，装点自己的生活。达仁镇上的人家，户户都有这样的景致。不过，我还是喜欢达仁河岸高高的棕榈，棕榈的叶子可以做蒲扇，扇走夏日的酷暑，可以拴腊肉，留住当地独有的美味；棕榈的外皮还可以做绳子、绷床垫、绷沙发，尤其用棕叶绷出的木箱，是那么的古朴典雅让人喜欢。

达仁的山，最出名的应该是王莽山吧。王莽山的得名源于王莽追刘秀的故事，而王莽山的出名则是因为象园茶的缘由。王莽山常年气候温和，雨量丰沛，既有云雾笼罩，又有足够的日照，较大的湿度和较低的气压，构成了茶叶生长的要件。早在三百多年前的康熙年间，安徽人刘国正从彭城迁到达仁象园沟时就带来了茶种，当年播种，翌年出土，再年成蔸，数年发展至十五亩，就有了象园茶的称谓。后来，刘国正去世，茶技失传，茶园荒芜。嗣后，紫阳茶商彭传清路过象园，被这里优越的茶叶生长环境所吸引，迁入这里居住，亲手栽植、管理茶园，炮制茶叶，所制茶叶汤色青绿、香味醇浓、沁人心脾，象园茶声名日渐兴盛，王莽山的声名也就大了起来。

象园茶生长在王莽山中一个叫象园的沟里。沟其实比沟大，像个川，也像是冲，很有江南丘陵的韵味。水在川中穿行，山就在两岸守护，河岸边是茶园，山上是茶园，空气清洁得像达仁河的水，我们就像在水里游走的鱼儿，悠闲而快乐地眺望四周的一切。象园沟的茶园没有刻意的修饰，山上、地里、河边、林间，能长茶的地方都种茶。茶与其他的树木，与竹，与庄稼，与花草

乡韵乡情
第五辑

和谐相处，静美而诱人。

我们走进一个茶园。这个茶园有两千多亩，是新建的，一棵棵茶树只有半人多高，伸展着柔软的枝条，精神抖擞地接受着阳光的沐浴。茶树间开出便道，方便行走。茶树株与株之间的距离特别大，生长在纯自然的环境里。园工介绍说，他们茶园的茶树不用化肥，不用杀虫剂，仅仅依靠大自然"相生相克"的法则，保持茶树旺盛的生命力。走近细看，茶树叶芽柔嫩，外形挺秀尖削，扁平光滑，苗锋显露，色泽翠绿略黄，香气高鲜清幽，幽中孕兰，顿时神清气爽。抬眼欲寻采茶女的身影，园工说这里的茶叶采摘十分讲究——必须是每天早晨的六时到九时，要迎朝霞、披晨雾、接天露，还要求是年轻的女性。园工的话自有他的道理，可在茶园里没有看到采茶的人，不免有些遗憾。

象园茶不仅采摘讲究，加工也十分讲究。工人说，象园茶要经过采青、萎凋、发酵、杀青、揉捻、干燥、初制、精制、加工、包装十道工序后，才能待客、出售。所以，他们生产的"栗乡缘"牌象园雾芽、象园毛尖、象园炒青在市场上很是畅销，其中象园雾芽还多次获得省内外茶叶评比的金奖和银奖。看着那迎朝霞、披晨雾、接天露而来，头顶银毫、色正形佳的象园雾芽，我想起苏轼"活水还须活水烹"的诗句，忙汲一壶达仁河的清泉煮沸，再冲进等待已久的杯子。片刻，色绿、香郁、味醇、形美的象园茶就呈现眼前。看一眼，汤色杏绿清澈明亮，或扁或尖或曲或直的茶叶，在杯中或沉或浮或上或下，似轻歌曼舞，令人情逸意舒、心旷神怡；细细品来，滋味甘醇鲜爽，小有了"一饮涤昏寐，情思朗爽满天地。再饮清我神，忽如飞雨洒清尘"的感觉。一杯饮罢，心立马就醉了，不由想起了元代李德载的小令——"兔毫盏内新尝罢，留得余香满齿牙，一瓶雪水最清佳。风韵煞，到底属陶家。"

夏游牛背梁

很早就知道牛背梁的名字，很早就想欣赏牛背梁的风光。可是，一直没有机会实现自己的心愿。戊子年的夏天，心喜镇柞两县组织柞水采风活动，实现了自己多年的心愿，终于踏上了高高的牛背梁。

牛背梁位于柞水县境内的牛背梁保护区，主峰牛背梁海拔 2802 米，为秦岭东段最高峰，羚牛的主要栖息地，牛背梁保护区因此而得名。牛背梁也是我国唯一以保护国家 I 级保护动物羚牛及其栖息地为主的森林和野生动物类型的国家级自然保护区。因此，主人精心安排我们可以看见羚牛的羚牛沟。

最先来到的、最喜欢的应该是那里的树和那里的绿了。漫山遍野都是树，挨挨挤挤密密麻麻的树，而且生长茂盛，有着极强的生命力。就连一株没了树冠的百年古杨，又生出茂密的枝条，书写着生命的顽强。这里的树种繁多，主要有山杨、栎树、华山松、油松、落叶松，最珍贵的当然属云杉和秦岭冷杉了，还有十多种保护树木。树木以属性从山脚到山顶垂直分布，山脚的阔叶林挨挨挤挤，看起来是那么的茂盛，间或有一株或几株合欢绽放出紫色的花，茂密的绿色里又增添了几分妩媚。混交林大多是高大的乔木，有了松柏等针叶林的点缀，色彩苍翠浓郁。高山之上，就是冷杉的天下了，沧桑的冷杉林间，淡黄的嫩绿的松花竹林穿行期间，牛背梁的绿就显得丰富

乡韵乡情

第五辑

又壮阔。

有了树林、有了绿色，牛背梁显得十分清幽。头顶虽然是艳阳穿过茂密的林子，地上就有了草的繁茂，有了花的娇艳，有了果的灵异；清泉流过石径，空中就有了光的斑斓，有了影的多端，有了声的变幻。因此，牛背梁树林里到处是清凉。随处挥一挥手，就是凉风拂面；轻轻吸一口气，顿觉神清气爽。偏爱自然的，说这里是天然氧吧；喜欢文化的，说这里老庄的逍遥谷。无论怎么解读，牛背梁都是那么清幽，那么宁静，那么温馨，那么美丽。

这里是有谷的，沟谷一体，逼仄狭长，亦有石门之称。沟谷是如何形成的，我不清楚，可是它带给我们的美是不能忘怀的。两边的千仞悬崖，崖顶上是树，是枝，是叶，是草，是飞鸟，是太阳；崖间是藤，是蔓，是阳光，是梦幻；而谷底呢，是青石，是清泉，是山水相依变幻出来的溪流，碧潭，瀑布，是戏水的鱼儿，还有在这里游憩的人们。神游牛背梁的峡谷里，有人想做一条鱼儿，有人想做一只飞鸟，有人想做崖畔上的一株小草。其实，在这美景之中，我们应该还是做人，做一个好人。只有天地人和谐相融，才能勾画出一幅人世美景。

牛背梁不仅有众多的美景，而且还有许许多多美丽的传说。据说这里是道家圣地，三道峡谷石门其实就是道家的三重门，也隐喻着人的"精气神"。"精气神"就是语出道家，俗话也有"天有三宝日月星，地有三宝水火风，人有三宝精气神"之说。生命基础起源于精，生命活动有赖于气，生命现象表现为神。传统医学也认为，精气神是构成生命活动的三大要素。传说走过了"精气神"三门，你就具备了攀登牛背梁的力量；如果你登上并高高的牛背梁，你将迎来你生命新的机遇。

有了"精气神"，自然有了无穷的力量，终于踏上了高高的牛背梁。遗憾的是骤雨初歇，白雾弥漫，我们没有看见长安的神仙，没有看见北方的八百里秦川，也没有看见羚牛。可是我们踏上了绝顶，看见波澜壮阔的起伏山海，看见了亚洲第一长隧的竖井，看见了若需多多的美景，也增添了许多的人生期盼，怎么说都是快乐而逍遥的旅行。

第六辑
镇安奇人

镇安地处秦岭南麓,旬河是汉江的一级支流。从居民构成的渊源看,主要有两支:一是明朝初期山西大槐树的移民,称"本地人";二是清朝中旱期从湖北、安徽等地来的自流民,称"夏湖人"。

心韵流声王德强

王德强是镇安西口人。

西口多山,山上石多难生草木,但山间的水却极有灵性。西口的水滋养出一茬又一茬的文人。王德强就是饮着西口的水长大的,王德强很自然成了一个文人。

王德强早先写诗,他的诗写得朴实无华而又才气逼人。因此,他的诗就像一只只美丽的相思鸟飞上天南地北的报刊,在读者的心中留下一片美的绿荫,也留下永远的相思。缘于此,他由一个工分教师成为一名乡镇干部,亦缘于此,他也拥有了一份自豪一生的爱情。爱情是诗的精灵,有了爱情的滋润,王德强更是激情满怀,读者的眼前就是《小提琴情思》《雨伞》等一批佳作,让人难以忘怀。

后来,王德强就调进宣传部当了新闻干事,成了镇安对外宣传的一只著名的"喇叭"。在省内外的报刊、电台、电视台上我们常常可以看到或者可以听到他撰写的"本报讯"和"本台消息"。他呢,俨然一代"名记"奔走在各个出产新闻的地方挖掘新闻。王德强深知新闻对于净化社会风气的促进经济相对于文学来更加有力,他的新闻作品就多了一份深刻和凝重,他的新闻受到了读者的喜欢。也许正因为这一段从事新闻工作的经历,使他对社会有了更全面的认识,对生活有了更深刻的体察,对民情世态有了更清醒的了解,对未来亦有了更多的希望。他的文学之路亦由过去的诗歌创作转入杂文随笔的写作,由虚幻的风花雪月,深入朴实无华的现实生活之中。他的作品少了一份华丽,多了一份朴实,少了一份浪漫,却拥有一份深刻的思想。

古人云:"文如其人",这句话运用在王德强身上是再恰当不过的。王德强待人谦虚又不失自尊,热情又不失真诚。人到中年是人生之中最为沉重的阶段。男人在家里做一个好儿子、好丈夫、好爸爸,在单位要做一个好领导,在朋友心中要做一个好朋友。王德强在做好这些的同时,得了空闲还想做一篇好文章。纷繁的工作给了他无尽的话题,温馨的家庭又赋予他源源的灵感。寻一盏孤灯,执一盏薄酒,心中所思所想就顺着笔尖流出来,我们的眼前就有了一篇篇优美的文章。王德强的文章都是心之所至,情之所至的产物。作品就少了一份矫情和做作,多了一份质朴和自然,他也不想以文章谋求一点儿什么,也就少了一份功利,多了一份真实。用他自己的话说,他的作品都是他的所思所想,是他心声的自然流淌,每一个字都记录着他的所思所想所忧所盼,每一句话都记载着他真实的内心。因此,《穷嗜书》才那么真实自然,《走不出娘的视线》才那么情真意切。因此,作家方英文才戏说他是一副屈原相,让他去写《天问》。

文章是需要思想的,"文以载道"是流传的千百年古训,在文化快餐充溢文坛的今天,坚守这一古训显得尤其艰难。在艰难中坚守着就是一种胜利,坚守就是一份希望,坚守也有一份收获。

清清纯纯说李敏

认识李敏是 1998 年的夏天。

那年的盛夏我回了一次老家,我很自然地就认识了在老家包村的李敏。那时,我不知道她迷恋着文字,我只觉得让这个清纯得如同高中生一般的女孩去包村很惋惜。因为我曾经是乡镇的一名包村干部,农村日积月累出现的矛盾和纠纷让任何一个有魄力有能力的基层男干部都有一种束手无策的感觉,更何况她是一个女孩,一个才走出校门未谙世事的女孩。她如何去处理那些纷繁复杂的问题也不难想象,可我无力给予任何帮助,面对她灿烂清纯的笑靥,我只有一声叹息。

后来,一个我敬重的领导传来了她的两篇稿子,我才知道她具有很高的文学禀赋。那两篇稿子我记忆犹新,一篇是《老街》,一篇是《雨天随想》。《老街》写的是我所生活又工作过的小镇,写了小镇美丽的意蕴,写了小镇悠久的历史,也写了小镇上一个鲜为人知的老民办教师。《雨天随想》也是以小镇为背景的,写出小镇烟雨朦胧的美景,写出了小镇隽永迷离的诗意,最让人难忘的是那个具有丁香一样忧郁又着一袭紫衣的女孩,勾起了我记忆中的小镇许许多多难忘的情愫。于是,我就把这两篇美文刊发在自己编辑的《镇安文学》上,《商洛日报》的编辑先生慧眼识珠,又转载刊发,再后来《西北信息报》等也刊发了。李敏这个陌生的名字,逐渐在读者的眼里变得熟悉起来。

名字熟悉了,人也熟悉了许多,对她的生活、学习情况也有了许多的了解,也知道她是一个很勤奋的女孩,农家的炕头,机关的檐下,她都能勾出一幅景色秀丽的画卷,老农的笑话,长辈的絮语,她都能演绎出一个悠怨凄美的故事。因此,在短短的两年时间,她就在各类报刊发表了《一个人的村庄》、《生命中的红苹果》、《戏楼》等散文,报告文学三十余篇,其中《戏楼》还获了奖。这在作家、编辑或许算不得什么,可对一个身处基层忙着催粮要款的乡镇干部来说,实属不易,真是可喜可贺。

有人说过"文学是愚人的事业",我就告诉她选择文学就选择了孤独、寂寞,也许还有痛苦。她粲然一笑说:"我不这样认为,我认为写作在我的生活中犹如空气一样重要,是我所有想念与心情的一种宣泄,是我快乐的组成部分。我绝不做文学的苦行僧,但我要为生活而歌唱,为快乐而写作。"望着眼前这个冰雪聪明的女孩,我想起了活跃在文坛上的"新新人类",他们没有"为文学奋斗一生"的豪言壮语,但他们创作出来的作品着实让人一惊又耳目一新,虽然他们的作品引起了文坛内外的争议甚至批评,但他们终究是一路歌声一路笑着向我们走来了。李敏脸上也洋溢着甜甜的笑向我们走来。只是都市新人类的笑声充满了尖叫和疯狂。而李敏的笑声依然是清纯如水美如牧歌。

李敏在年龄上无疑是"新新人类"中的一个,可文学是有地域特色的,李敏和他们这一茬生长在商洛的作者的作品也保持着浓郁的商洛风味。以致去年在商州召开的省作协会员会上有人遗憾地说商洛没有"新新人类"。因此,对商洛文坛了如指掌的鱼在洋先生就让我介绍几个"新新人类",于是,惴惴地写了以上的文学介绍李敏。还要补充的是,李敏只是其中一个,只是我所介绍的第一个。

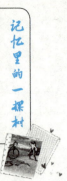

行云流水朱晓虹

　　"江南雨,落了几千年,依然是这样轻轻的,柔柔的,愁愁的……"

　　这是朱晓虹的小说《断桥》开头的几句话。当初看到这篇小说的手稿时,这几句话就勾起了我阅读的欲望。心中顿时就被这行云流水一般的语言所带来的愉悦而感动。写了十多年的小说了,深知语言对于文学的意义,深知开头对于小说的重要。于是,怀着一份欣喜读下去,竟然意犹未尽,又读了一遍,再读一遍,却沉醉其中不愿回头。故事讲的是白娘子悱恻迷离的爱情,叙说了现代人对爱情的渴望、向往和迷惘,心头顿生"如今遍尝愁滋味,欲说还休,欲说还休,却道天凉好个秋"的感觉,故事演绎得非常成功,而描绘这篇故事的语言潇洒飘逸令人玩味再三。回头再看如珠玑的文字,犹如一串灵动的音符谱与的一曲优美的乐章滑过心头,缭绕于心田,久久不能散去。

　　见了面,怎么也想象不出是朱晓虹写出了这样的文字。

　　朱晓虹工作在农发办,农发办无疑是十分重要又十分繁忙的单位,她和她的同事为农业综合开发常常夜以继日地工作,而作为办公文书的朱晓虹上班不仅要迎来送往,而且还要忙着要生产进度,报生产进度,间或要发文件,写讲话,不是"大力发展",就要"狠抓落实",间或还要挨挨批评抹抹眼泪,下班了还要加班,不加班了,还要"拍拖"。每次见了面,晓虹总是忙,在忙的间隙,她忙出了《断桥》,忙出了《老碗》,忙出了《我是葵花》等一篇篇佳作,唬得人一惊一乍的。

曾问过朱晓虹是怎么写出这些文章,她说画着玩儿。这句肯定是她自谦的遁词,好在她的男友都说出了真谛,他说朱晓虹一年中一半的工资都用来买书了,业余的时间一半又用来读书了。我找到理由了:她书读得多了,脑海中自然就有许许多多的火花在闪烁,心中亦因有了许多美丽的故事,故事流出心湖,又记录下来,我们眼前就有了这么一篇篇宛如行云流水一般的美文。朱晓虹的作品不算多,但每一篇都是心之所至、情之所至的东西,因而每一篇都那么好读及让人玩味再三,虽则如此,心中还是有一份遗憾。一次见了朱晓虹,就说你能不能多写一点作品,以满足我们的阅读欲望。朱晓虹笑笑说:"你在不想笑的时候你笑了,你能笑得真诚吗?"我不能,于是让我想起了文坛上许许多多的快枪手,以文学作为自己的生财手段,粗制滥造,无病呻吟,不仅浪费了报刊的版面,也浪费了读者的感情。因为文学是需要真诚的,只有真诚地面对读者,才能赢得读者的拥戴。

朱晓虹的作品不仅语言优美,而且小说立意也很别致,有自己独特的思考。《断桥》写了白娘子、许仙、小青之间的三角恋,反映了现代人的爱情危机。《梁祝》却说马文财比梁山伯更爱祝英台,写出了单相思的苦愁与无奈。文学是需要创新的,朱晓虹如若能够坚持,未来的文学天地间,必是会有她的一席之地。诚如《断桥》里描写的一样,她正摇着"一叶扁舟、着一袭青纱,执一把竹伞,携一场江南雨"行云流水一般向我们走来了。

听吴相阳讲故事

记住吴相阳的名字是在1991年。那年冬天，《家庭》、《珠江》等四家极具影响力的杂志主办的"太阳神杯"全国散文大奖赛揭晓，吴相阳的作品《摇椿》和众多名家一起夺得二等奖。著名散文家秦牧评论该文"通过一个少年的视角，把特定情况下（"文革"困难时期）的亲情写得如此温暖动人，朴实自然，又表现出陕南独特的地域风情，实属难得"。

后来，吴相阳从乡下学校调进镇安县广播电台，专心当记者，做编辑，忙忙碌碌采访了许多先进人物，也报道了许多新闻事件，多次荣获陕西新闻奖，2004年还拿了陕西电视最高艺术奖——金鹰奖。尽管如此，吴相阳从来没有松懈过文学创作，并且取得了令人羡慕的好成绩。他在《青年作家》、《文学报》等报刊发表小说、散文五十余篇，有十多篇小说、散文被《微型小说选刊》、《青年文摘》等报刊转载并多次获奖。

吴相阳早期的作品以散文为主，写亲情，写乡情，写风情，情感真挚而又感人。获奖作品《摇椿》用一个少年的视角，让读者看到一幅陕南农村的风俗画，体味到那儿真实的亲情、浓郁的乡情和独特的风情，有一种暖流溢心的感动，让人回味无穷。随后发表在《文学报》上的《表》，虽然没有一句热烈的话语和一个温暖的词语，读者感受到的却是浓得化不开的眷眷深情。他不仅在散文创作中体现出多样性，他的小说创作更是多样化，如《高高的红椿》中散文化的表述,《夜半钟声》里笔记小说的笔法,《忘性》的幽默讽刺,《脚夫马五》的情节和性格构造,他极少重复自己的方法或者再现过去的人物,他在众多的作品里塑造了众多的人物形象,表现出深厚的文学修养和创作功力。

走进新世纪,吴相阳对文学又有了新的认识。他认为文学离不开市场,更离不开读者;他还认为充满悬念和一波三折的情节是读者的需要,而优秀的文学作品是由精彩的情节构成的。有了这样的认识,他就开始了大众文学的创作。2002年,他开始故事创作,在《百姓故事》玩起了"讽刺幽默",很合读者的胃口。2003年,他的作品《你的软肋在哪里》投到《故事会》,一下子就受到了从编辑到主编再到出版社老总的一致青睐,杂志社特邀他参加了《故事会》成立四十周年大型庆典暨优秀作品颁奖大会,他的作品获得了二等奖。自此,他的作品频繁刊登在《故事会》、《上海故事》等大众文学旗帜刊物上,2004年7月下半月刊《故事会》一次就刊登了他的三篇作品。吴相阳的故事,表述语言优美,情节曲折离奇,立意深远,颇受读者的喜爱。如今,他已经发表大众文学作品五十余篇计二十多万字,在大西北,像他这样的故事作家难有比肩的了。

文学的变化是她外在的形式,固守的却是她的内涵,吴相阳深谙个中缘由。因此,吴相阳无论是在他的散文创作、小说创作还是故事创作中,始终尊崇着对美好、对善良的追求和坚守,也因而他的作品才好读而耐读,才有着旺盛的生命力。因此,我们有理由相信,吴相阳在变化和坚守之中,一定会创作出更多更好更让人难忘的精品佳作。

薛儒成的花鼓情结

　　是什么力量让薛儒成这样爱上镇安花鼓,而且着了魔似的去挖掘收集整理这一濒临灭绝的民间文化? 这,还得从一次偶然机会说起。

　　那时候,他已经到了镇安县文管所。一次,薛儒成去寻访文物时,听说当地有一个叫柯大成的人有着一肚子的"歌子"。说,他唱孝歌可以唱三天三夜不重复,喊山歌可以传五里路。最拿手的是他的花鼓子唱得好,不仅会唱旦角,扮小生,还会演丑角,一个人可以唱一本戏。八十多岁了,那嗓音还是好得不得了。

　　喜欢花鼓的薛儒成很想见见这位花鼓艺人。他挤出时间几经寻访,一直没有找到人。后来,待他终于找到他家时,柯大成刚刚故去。望着柯家堂屋那黑色的棺椁,他忍不住潸然泪下。恭恭敬敬上了香,他猛然醒悟:民间艺人的年纪都大了,一个个逝去,他们带走的是一门优秀的民间艺术。这样下去,后继无人,面临失传的危险。这样,我们会有负古人,对不起后人。花鼓是流传几千年的民间艺术精粹,也承载着几千年的文化和历史,绝不能让它在我们这一代人的手中失传。他觉得作为一位民间文艺爱好者,有义务对镇安花鼓进行保护工作。

　　一种强烈的责任意识,让他着手从事这项不被人看好的事业。

　　为了有效地保护和传承花鼓艺术,他曾在有关部门奔走呼吁,也找到有关领导,希望有关部门加大对传统文化的保护力度。可惜,那时候相关的部门太穷了,的确是没有这方面的资金。而且,那时候也没有非物质文化遗产保护的说法,保护工作显得那么艰难。薛儒成并不气馁,他又去寻找有钱的朋友,找企业家投资从事保护工作。可惜,那些人说那样的事情和他们没有关系。和谁有关系呢? 他不知道。没有人理解和支持,他决定一步一步地来,先把这些珍贵的第一手资料抢救回来,不至于让它在民间自然消失。于是,他一头沉下去,寻找那些老艺人收集整理本子和曲谱。

他一个人默默地在民间奔走,没有人知道他付出了多少辛酸。面对那些熟悉的老艺人一个个地故去,剩下的艺人也渐渐地衰老,说不定哪一天老艺人就会把优美的花鼓曲子和多情的民歌小调带进地下,给后人留下无尽的遗憾。他万般无奈。

他知道,一个人从事这件事,力量显得那样的单薄。尽管工作很困难,但却义无反顾,任何困难也挡不住他坚定的脚步;他知道,自己的绵薄之力,功效是非常有限的,但他相信做总比不做好吧。谁让自己心里有挥洒不去花鼓情结呢?

薛儒成出生在一个民歌世家。他的叔祖父,他二舅,他的父亲、母亲、大姨夫、小姨夫、二姨等,都是唱花鼓、唱民歌的高手,很小的时候,他就常常缠着母亲教他唱花鼓民歌。母亲点化了他的艺术心智,亲戚又给他营造了一个很好的艺术氛围,童年时他的心中就有了浓厚的花鼓情结。也缘于对花鼓的喜爱,十七岁的他决定去考镇安县剧团。他想把自己会唱的花鼓曲子、民歌小调唱遍全县各地。谁想到,刚刚进剧团还没轮上他在舞台上唱一支曲子,青春发育期的他声音竟然沙哑了,不说别人了,就自己听了自己的声音他都觉得难听得不得了。于是,他被安排在乐队。那时候,剧团排演的多为花鼓戏。他伴奏过优美的镇安花鼓《水轮飞转》、《换猪》等。薛儒成是个好学之人,他在伴奏的同时,他刘文华、冯宁学习音乐理论,研究花鼓音乐特色与源流。后来,他独自承担了大型现代花鼓戏曲《丑家的头等大事》的作曲创作,该剧在陕西省首届艺术观摩演出中广受好评。

戏剧走向低谷,他也走出了剧团。而潜伏在心里这浓浓的花鼓情始终没有泯灭。

在收集整理民间花鼓的道路上,遇上的困难远比想象中的多得多。首先是时间问题。他是文管所的工作人员,进行花鼓、民歌保护工作是自己的"个人行为",他没有专门的时间。再说,平日里还喜欢打打麻将玩玩牌怡情逗趣。如今呢,利用所有的周末和节假日去收集、整理,夜以继日地忙乎,忙得常常忘记了老婆孩子的生日。自己最爱的麻将呢,他只好戒了,实在是想了,忙里偷闲抓一两张牌把玩一番,喊一声"扣了",又去忙他的花鼓曲子民歌小调了。

还有就是资金问题。采录用的笔墨纸张、录音机、行走的车费、吃饭住宿已经是很大的一笔费用了。他没想到的是真正采录时,他需要给民间艺人付报酬,他耽误了人家的时间,要给务工补助。为了得到老艺人肚子里那些濒临消失的音乐资料,他走访民间歌手的时候,不仅自己掏腰包开了报酬,他还给人家买一份礼品,他希望自己微薄的心意能够换回人家最好的花鼓、民歌。有时,他实在是太忙了,就把老艺人接到县城来,他又得买车票,租旅社,好烟好酒好茶饭地款待,再付上丰厚的报酬,然后像挤牙膏一样一句一句地采录。

采录只是第一步,他还得一个字符一个音节地整理。整理不仅是记录在纸上,还要电子版,他去买了一台电脑,又买来能够打印曲谱的软件,有了这些,电脑盲的他又请了一个打字员给他打印。每一项都需要钱,他那单位的工资真的难以支付他的日常收集资料的开支。所幸妻子开了一家小店,不仅承担了家庭的一切费用,还可以为他接待歌手。即使如此,他依然是囊中羞涩。这时,他就装着给妻子帮忙,帮着忙着,他帮着打开妻子的抽屉里、忙着拿出一条两条的烟钱。女儿看着父亲经济实在困窘了,就给他当了义务打字员、校对员。这样,他省下了一大笔开销,他又把节省的钱用来租车到边远偏僻的山村寻找即将丢失的花鼓曲子和民歌小调。即使如此,钱还是不够用。无奈之下,他不得不戒了四十年嗜酒爱好;后来,他连吸了四十年的烟也戒了。唯一的爱好就是——收集整理民间文化艺术。

他的痴爱，也引来朋友的不解和嘲笑。要命的是身体问题。由于长年劳累过度，他的颈椎病一天比一天严重，时常头晕目眩。下乡收集资料的时候，他戴着一个气囊牵引器；整理资料的时候，他一边请医生按摩，一边趴着校对稿子。高血压、糖尿病人在饮食有着许多的忌讳和苛刻的要求，可为了收集即将失传的花鼓，他把医生的要求置之脑后，在山村野户饱一餐饿一顿。

这一切都是可以克服的，最让人遗憾的是那些民间歌手一天天地老去。记得 2009 年夏天，他约好了一个民间歌手，无奈他要去搞文物普查。等到他九月有时间终于赶到歌手家时，歌手已经去世一月有余了。歌手的后人见了他就说，我父亲一直等你，你一直没有来，他等不及就走了。走时，不高兴的父亲把所有歌本子也带走了。听了这话，他禁不住落泪成河。这样遗憾的事太多了，他唯有加快采集的步伐，才能安慰那些老艺人的灵魂。

春种秋收，他收获的不仅仅是遗憾和汗水，更多的是喜悦和幸福。那一年，他发现的一个民间花鼓班社在他的呼吁下得到有关部门的重视和扶持，如今是生机勃勃。他整理的民歌有的被搬上舞台，广为传唱，他也荣幸参加了陕西民歌座谈会。最让他欣慰的是他已将自己多年收集的花鼓民歌整理归类，他不仅有了厚厚的《镇安花鼓》，也有了《镇安的歌》《镇安说本》《镇安渔鼓》、《镇安孝歌》五卷本近百万字的书稿。目前，他正在寻求出版。

薛儒成欣慰之余，却又不敢有片刻的休闲，年近花甲的他更加勤奋忙碌起来了。老牛自知夕阳短，不用扬鞭自奋蹄。他摆脱一切羁绊和纷扰，行走在山野田间，采撷遗落在民间的艺术奇葩。他欣慰，花鼓，不再是他孤独地守望，镇安花鼓列入省级非物质文化遗产名录，受到当地政府的重视和保护，他看到了花鼓的希望。

镇安奇人
第六辑

走在花鼓的大路上

——追忆镇安花鼓代表性传承人刘文华

无论我在哪里，无论是什么时候，每当我听到镇安花鼓那优美的旋律，我就会想起我的老师、镇安现代花鼓音乐的奠基人、代表性传承人刘文华。

少年的梦想

谈起戏剧，刘老师就会说他童年就喜欢戏剧。他说别的孩子看戏是喜欢那份热闹，他真的喜欢戏。他说，他喜欢戏里的故事，喜欢戏里不断变化的唱腔，喜欢人物多变脸谱。他说他每次看完戏，回到家一边唱着戏文，一边画人物脸谱，画得像模像样。

他说关中虽然流行秦腔，但他更喜欢花鼓。

他说他虽然住在秦岭大山之中，可骨子里满是楚文化的基因。

刘文华老师祖籍湖北，乾隆年间逃难至陕西，先辈插草为标获得土地，几代人秉承"耕读为本"的家训，苦心经营而成为镇安望族。到了民国期间，他的父亲刘南辉成为他们家族的代表人物，曾担任镇安县参议长、陕西省参议员，家里可收租粮一百余石，常常用于公益事业和赈济灾民，是颇有民望的开明绅士。

出生在这样的家庭,他从小就受到良好的教育,镇安县中初中毕业后,又到咸阳某学校继续高中学习。尽管课业沉重,他却一直不忘看戏这个嗜好。他真是一个戏迷,只要一听到锣鼓响,他就丢了课本领着兄弟姐妹去看戏。他爱看花鼓,也看汉剧。他一边看动作,一边学唱腔,一边记台词,忙得不亦乐乎。看过以后,又把兄弟姐妹叫在一起,边回忆,边演练,一招一式,很像一回事。他甚至想到毕业回到镇安,也办一个班社,专门唱民间盛行的花鼓,让花鼓像汉剧一样,唱红关中,唱响北京。

待到高中毕业,新中国成立了,他被分配在凤镇教书时,他成为了一个普通的小学教师。可是,他依然不忘自己的爱好,哪里有演出,他都要赶着去看;听说哪里有一个民间艺人,他就偷偷地拜师学艺。回到学校,他就用自己那把旧二胡潜心琢磨学习,他那忘我的神情很是让人敬佩。学校领导看他如此爱好音乐,又有音乐才能,就让他上音乐课,他从此便自学乐理,操练京胡,以及铜器,排练节目,俨然成了一个行家里手。也因为这个爱好,他后来在青铜关教书时,县委一位副书记相中了他的音乐才能,人尽其才,将他调到县剧团从事戏剧音乐工作。

中年的奋斗

镇安剧团那时候叫汉剧团,主要唱汉剧,后来也唱现代京剧等。到剧团工作后,他负责音乐创作和器乐伴奏,他给很多部剧本谱写了二黄、花鼓、眉户、京剧优美的曲谱。那些节目被搬上舞台,也很受欢迎。

然而,在作曲的过程中,他和同事就形成了一个共识:镇安剧团如果要发展,就必须在某一个剧种上有所突破。这时,童年的梦想又飞到了眼前。

于是,他研究起镇安的地域文化特色。

镇安地处秦岭南麓,旬河是汉江的一级支流。从居民构成的渊源看,主要有两支:一是明朝初期山西大槐树的移民,称"本地人";二是清朝中早期从湖北、安徽等地来的自流民,称"夏湖人",且"夏湖人"多于"本地人"。

所以,这里的居民既有北方人的粗犷豪放,又有南方人的灵秀斯文,且灵秀多于粗犷。从戏曲的源流看,汉剧、花鼓都是溯汉江北上传入的。居住在镇安(包括商洛一些山区)的"夏湖人",语音婉转缠绵,故都喜欢听唱与自己语音相近的二黄、花鼓。以高亢激越著称的秦腔等北方剧种难以在镇安立地扎根。那么,汉剧怎么样呢?汉剧在湖北有着广泛的基础,以前在镇安也十分的辉煌,如果发展汉剧,既难超越历史,又难超过湖北。

他们就选择了花鼓。

花鼓,原属鄂皖湘的地方小剧种。随着"夏湖人"迁入镇安,带来了花鼓这个自娱性的小剧种。民国时期,农民尤其是妇女,聚在一起,爱唱花鼓与小调。夏季锄苞谷草时,有无偿帮助贫困户的习俗,叫"打锣鼓",在赛口上,一人击鼓,一人敲锣,大家齐唱花鼓与山歌,既可加劲,又可解乏,有着广泛的群众基础。自此,刘文华老师开始收集和挖掘镇安花鼓音乐的原始素材。

那时候条件艰苦,他硬是凭着两条腿、一支笔走遍了镇安的山山水水、沟沟岔岔,走访了许多民间有名的花鼓、渔鼓和民歌艺人。还先后几次带领剧团主要创作人员到湖南、湖北等地进行学习考察。通过学习研究,他认为二黄属于板腔变化体,有一定的程式,他练得滚瓜烂熟,名演员都喜欢他伴奏。花鼓属于曲牌连缀体,他改变了口传心授的老方法,按照曲谱记载的形式进行规范,大大提高了演出效果。确定了以民间花鼓为主,融入其他剧种可利用因素,创立镇安现代花鼓艺术。他们凭着对花鼓的热爱和对艺术的执着,在地方剧种的发展过程中,硬是闯出了一条属于我们自己的路了,镇安花鼓的发展也有了一个新的飞跃。相继推出镇安花鼓《换猪》等,受到群众和专家的好评,并获得省委、省政府的表彰。

1980年前后,他作为剧本、音乐主创的花鼓戏《刘海戏金蟾》和《牧童与小姐》先后上演后,在商洛引起关注,特别是花鼓戏《刘海戏金蟾》在商州连续演出六十五场,而且场场爆满。陕西省电台、电视台做了录音录像,作为保留节目长期播放。《陕西日报》以《一朵绚丽的山花》为题发表评论指出:"《刘》剧在设计唱腔时,尊重剧种本身的"联曲体"规律,按照各个唱段的情绪要求,在连接、转换、落音、过门、速度等方面加以发展变化,丰富了音乐唱腔的艺术表现力。"《西安晚报》发表《商洛山中一枝花》,对《牧》剧的音乐评论说:"音乐设计,既保持了花鼓的旋律韵味,又有不少改革提高,清新活泼。"《陕西戏剧》1984年发表《从地摊子走上大舞台》的评论指出:"熟谙商洛花鼓腔的音乐工作者仅刘文华等四人。"没上过音乐专门院校的他,能有如此造诣,实在难能可贵。后来,镇安剧团又创作排演了《凤凰飞进光棍党》、《状元与乞丐》、《沉重的生活进行曲》、《聂焘》等大量花鼓剧目,并多次在省戏曲会演中荣获奖项。使从前地摊上的镇安花鼓成为陕西乃至全国一个受人关注的剧种。他不仅为花鼓剧目作曲,还从事花鼓音乐理论研究。也鉴于他在戏曲事业上做出了贡献,他很早就被吸收为中国戏剧协会陕西分会会员,陕西省剧作家联谊会会员,并荣任了政协镇安县委员会第一、二届副主席。

老年的收获

1985年,步入老年的刘文华老师离开县剧团,不仅从事镇安花鼓音乐的探索创作、理论研究,注重艺术人才的培养工作,他还利用多种形式给我们传授花鼓音乐知识,而且不拘形式培养花鼓艺术人才,取得了桃李满园的成就。

我是1984年进入艺校学习的。刚进入艺校不仅敬佩他的成就,而且对他那满腹文采、精通音律、文学、历史、民俗等知识,更是非常敬重。我依然记得,刘老师平时言语不多,每遇学术探讨、课题研究或给学生上课,他的话语就显得格外的"多",好像有说不完的话,可以说是一字千金,妙语连珠,句句精辟且风趣、诙谐幽默。如今还记得,他在批评学生集体调皮、不求进取时,他就会�’着嘴说:"烂柴倒一湾!"如果形容你做事拖拉时他便会说:"吃豆芽子,巴(拉)的根根蔓蔓!"还有"乡棒"等,这都是刘老师留给我们留下的一些脍炙人口的口头禅,至今回味无穷。遇到高兴开心的事,刘老师总会开怀畅笑,那笑是发自内心的笑,那笑是一个长者对后生充满希望的笑。从刘老师那爽朗和会心的一笑中,我们大家就会感到许多温馨和充实,从刘老师的笑声中,我们也感受到了一位长者的慈祥、一位学者的睿智、一位师长、老师的博大胸怀……

刘老师从艺四十年,亲自教授的学生有六期共两百多名,其中不乏佼佼者。比如,"曹禺戏剧文学奖"得主、多次荣获"五个一"大奖的陕西省文联副主席、陕西省戏剧家协会主席、陕西省戏曲研究院院长陈彦,戏曲音乐家肖建军,省艺校教授卢军丹等。有的学生虽然因各种原因离开戏曲行当,更多的仍旧从事着文化事业,繁荣着花鼓艺术。2008年荣获国家"五个一"大奖的商洛花鼓《月亮光光》主演以及大部分演员是他的学生,荣获陕西省第五届艺术节八项大奖的镇安花鼓历史剧《聂焘》几乎全是他的学生。他的学生无论在什么岗位上,都牢记着他的教诲,不遗余力地传承着镇安花鼓艺术。

1996年,刘文华老师退休了,他依然不忘花鼓。那时,戏剧已经没有了过去的辉煌,为了传承花鼓艺术,他潜心花鼓戏曲理论研究,出版了专著《栗乡戏苑》,为镇安花鼓的传承发展留下一笔宝贵的财富。他作为镇安花鼓音乐的奠基人、镇安花鼓艺术的推动者,当之无愧地被人誉为"镇安花鼓之父"。

2007年7月,八十高龄的刘文华老师去世了,镇安文化界悲痛万分,众多的商洛文化界好友以不同的形式表达对他的怀念。刘老师生前好友、老作家汪效常所作的《悼故友文华兄》最能够代表大家的心声——"初授蒙童在乡村,偶遇梨园献终身。《栗乡戏苑》留后世,桑梓众徒永念君。镇安花鼓称泰斗,汉调二黄巧传承。戏味相投几十载,再有疑难问何人?"汪老的诗不仅概括了刘老师的一生、追述了他们数十年的友谊,也道出了他离去对镇安文化事业的巨大损失。而作为他的学生,著名戏剧家陈彦在祭文里的一段话更可代表我们学生的心声:"刘老师是我尊敬的师长,更是我创作的重要领路人之一。难以忘怀,在我起步学习戏剧创作阶段,先生面对那一摞摞粗浅的稿子，一处处圈点、增删并悉心修改的身影；难以忘怀，先生做一团之长时，对下属心疼、呵护与真切关爱的长者风范；难以忘怀，先生的学识、修养、人格，对我辈润物细无声的催化、滋补与深刻影响。先生是可爱的长者，可敬的智者，我难得的恩师，故乡少有的文化巨擘。他精通音律、戏剧、文学、历史、民俗，是一个深藏在山间的民族传统文化精英。他的去世，是山城传统文化孤独的开始，是我们难以挽回的文化缺损。让我们以泪雨恭送导师远行吧！愿他的灵魂能在九天太息！"

刘文华老师去世了，他依然活在我们心中，经他移植和创作的花鼓戏《刘海戏金蟾》、《牧童与小姐》、《凤凰飞进光棍党》、《状元与乞丐》等花鼓戏依然萦绕在戏剧的舞台上，也必将流传后世永远留在观众的心中！

（本文与唐仁晋合作）

渔鼓本是一根竹

——记省非物质文化遗产镇安渔鼓项目代表性传承人赵光儒

渔鼓本是一根竹，生在昆仑山里头。
张郎执斧来砍倒，李郎拖它出山沟。
鲁班用锯截两头，中间留下二尺六。
做出渔鼓咚咚响，连拍带唱喜悠悠！

………

随着《开篇渔鼓》简约通俗的唱词、优雅动听的旋律的广为传唱，人们不仅了解了镇安渔鼓的起源和发展、悠久的历史，而且使镇安渔鼓成为更多观众欢迎和喜欢的一种艺术形式。如今，镇安渔鼓已成为镇安文化的一个品牌，成为陕西省人民政府首批命名的非物质文化遗产保护项目。

于是，在今年夏天的一个上午，我专程拜访了民间渔鼓艺人、陕西省非物质文化遗产——镇安渔鼓项目代表性传承人赵光儒老先生，我们探访了他充满希望和遗憾的渔鼓人生。

第一个遗憾：关爱，使他失去了当演员的机会

赵光儒说他的渔鼓艺术是祖祖辈辈传承下来的，追根问祖可以追溯到三国时期。那时候，他的祖先还在天水，由于曹操与西凉马超在天水大战，祖先为了躲避战乱，从天水出发，依靠弹唱渔鼓一路东进，后来落户许昌（现在的许昌市许昌县赵家庄赵家湾）居住。后来，祖辈在此繁衍生息，祖祖辈辈有过飞黄腾达，也有过落魄潦倒，可是世世代代都没有丢弃代代相传的渔鼓。一直到明朝崇祯年间，由于频繁的战乱和灾害，他们又一路弹唱着渔鼓从河南的许昌来到商洛山中，最后落脚山大沟深处没有战祸的铁厂姬家河，开始了安定宁静的生活。

由此可见，镇安渔鼓是明末清初由湖广移民从南方带来这一个说法并不全面，还有就是其他地方的移民从外地带来的。从其沿袭传承上看，渔鼓不仅历史悠久，而且流传非常广泛。那么，赵家祖辈流传的渔鼓与湖广移民从南方带来的渔鼓有什么差异呢？他介绍说，赵家流传的渔鼓与镇安渔鼓基本相同，依然是左手抱渔鼓兼操简板（戏剧称梆子）和小钹（钹的一叶），右手拇指和食指握鼓尺（苦竹质小棍儿）与中指、无名指、小拇指同时拍鼓、击钹（人称"三下响"，即鼓、梆子和钹）。常用曲调有"开腔"和"流水"等。唱词基本为七字句，"开腔"为四句体，用于所有曲目的开头。后面是"流

水板"的正文,均为上下句结构。

赵光儒很小的时候就显示出自己特别的音乐天赋和表演基础,他的第一个希望就是做一个渔鼓歌手。因为出身渔鼓世家,他五六岁的时候就会唱渔鼓,九岁的时候就正式教他表演渔鼓。上学之余,爷爷就教他传统的渔鼓曲目《朱氏割肝》《王祥卧冰》《张孝打风》《郭巨埋儿》《开篇渔鼓》《十把扇子》等,其内容多以《二十四孝》为主的歌曲。也教唱一些有关《三国》、《说唐》、《水浒》等本戏。很快,祖传的渔鼓被他玩得风生水起,甚至超过了学习多年的长辈兄长,而且在十二岁那年,他实现了自己第一个希望——成为渔鼓演员,完成自己最为自豪最为辉煌的一场演出。

那是1952年土改的时候,为了庆祝土改胜利,也为了宣传党的政策,土改工作队张队长请来了旬阳县汉剧团来他们这里演出。因为是卖票,每张票需要五分钱。那时的五分钱可以买半斤鸡蛋呢,哪里来的五分钱呢。没有钱就不能进去。一气之下,他回到家里拿来了自家祖传的渔鼓,坐在剧团演出的场地外,唱起了渔鼓。他的唱腔优美,表演精彩,渔鼓敲击得更变幻奇异,他的周围很快围满了人,掌声、欢呼声一浪高过一浪,后来,竟然把看戏的观众吸引了出来。于是,他更为得意了,小小少年依靠怀里的渔鼓高兴地和一个剧团唱起了对台戏。

一场结束,他被剧团团长恭恭敬敬地请进了演出的场子,敬烟奉茶请他看戏。末了,剧团团长还说他很欣赏他的表演才能,让他回家征求父母的意见,如果父母愿意,剧团愿意特招他为剧团演员。可惜,父母没有答应,因为他是父母唯一的孩子,年纪又太小了,父母舍不得让他去几百里外的旬阳。这样,他遭遇了自己的第一个遗憾。

说到这里,满头白发的他仍然有一些遗憾。不过,我倒是感觉欣慰,如果他当年当了汉剧演员,镇安渔鼓一定没有了他这个代表性传承人。

镇安奇人
第六辑

第二个遗憾：将来，谁是我真正的渔鼓传人

经过多少年的奔波，赵光儒老先生收集了大量的渔鼓唱本，有了巨大的收获。在多年的奔走中，他明白了文字记录对于渔鼓传承的重要，面对众多的资料，他觉得力不从心，他找到镇安渔鼓老前辈刘文华等同志，无私地提供出自己的资料和经验，他们一起将镇安渔鼓艺术进行了系统整理，从而使镇安渔鼓这一原本就处于原始状态的民间艺术形式，有了系统、完整的文字记载，形成了完整的艺术资料。

2007年，镇安渔鼓被陕西省人民政府列入《陕西省第一批非物质文化遗产代表作名录》，赵光儒个人也被省政府正式命名为陕西省第一批非物质文化遗产项目代表性传承人。他说，渔鼓的保护已经不是他一个人或者几个人的事情了，是政府的事情，也是社会的事情了。他嘴里这么说，自己依然闲不住，他更多地忙起了渔鼓的传承工作。在他的房子里，我们看见了被他视为家珍的资料。听老人介绍，近年来他整理、收藏歌本五十余本（均为20世纪四五十年代以前的手抄本），曲目五百余部（首），录制音像光碟、录音磁带、伴奏鼓谱两百余张（盒）。经他整理的渔鼓曲目，大多数他都熟记于心，开口即唱，也可触景而歌。他还先后多次为专家、学生、观众授课、传习、演出两百余场（次），他还多次受到文化部门的表彰奖励。也正是由于赵老他们这些老艺人的支持，镇安渔鼓这个民间的艺术，现在已经成为全省知名的艺术形式日益受到关注。面对这么一个对渔鼓艺术挚爱一生的老人，我知道任何褒扬敬佩的语言都是苍白和无力的。当我们真诚询问老人对以后保护传承工作有什么希望时，老人表示希望有几个赵派渔鼓的真正传人。

赵光儒说，从他二度出山他就考虑这个事情了。那时候，他就在自己的孩子中寻找传人。儿子聪明伶俐，上了大学又出外工作成为公务员没有条件，女儿们不愿意学习，找来本家弟弟和侄子呢，学着学着就出外打工去了。再次劝说，他们就说："叔呀，学渔鼓不挣钱呀。你说我出门打工，既挣钱，又见大世面，还能看好景致，我学渔鼓做什么呀？"万般无奈，他想破除祖宗的规矩传给外人，可外人也没有人愿意学。这几年政府虽然加大了保护工作力度，他也四处讲课传艺，学生们学到的毕竟是皮毛。渔鼓，毕竟是一门博大精深的艺术呀。

　　鼓声深沉，歌声悠扬，深沉悠扬渔鼓歌唱穿透了我们的心灵，也必将穿透历史，传诸后世。

（本文与唐仁晋合作）